富豪に買われた花嫁

モーガン
きこ 訳

ハーレクイン
SP
文庫

IN THE SHEIKH'S MARRIAGE BED

by Sarah Morgan

Published by Harlequin Japan,

a Division of K.K. HarperCollins Japan, 2024

サラ・モーガン

イギリスのウィルトシャー生まれ。看護師としての訓練を受けたのち、医療関連のさまざまな仕事に携わり、その経験をもとにしてロマンス小説を書き始めた。すてきなビジネスマンと結婚して、2人の息子の母となった。アウトドアライフを愛し、とりわけスキーと散歩が大のお気に入りだという。

◆主要登場人物

エミリー・キングストン……………教師。愛称エム。
ピーター・キングストン……………エミリーの兄。
パローマ……………………………ピーターの妻。
ザクール・アル・ファリーシ………カズバーン王国のプリンス。愛称ザック。
ジャマール…………………………ザックの甥。
ダニエーレ…………………………ザックの亡き兄の妻。

プロローグ

「殿下、ご命令どおり、人々への払い戻しはすべて完了いたしました」

執務室の窓から外を見ていたザック――ザクール・アル・ファリーシは、庭で暴れている愛馬から視線をそらした。

そして漆黒の瞳に冷ややかな怒りをにじませ、二十年近く信頼している側近中の側近を見つめた。

「まだ完了したわけではないぞ。例の負債はそのままだ。あのイギリス人には連絡したのか?」

側近はごくりと唾《つば》をのみこんで頭を下げた。「おおせのとおりに伝えましたが……」

その口調になにかを感じ取り、ザックはたちまち険しい目つきになった。「あの男は来るのだな、シャリーフ?」

シャリーフはかすかに青ざめた。「あの男は代わりに妹をよこすそうです」言いにくそうに答えてあとずさる。プリンスの目が激しい怒りにきらめいた。

またしてもあいつは責任をとらないつもりなのか。ザックは心の中でののしり、こわばった筋肉をほぐすように肩をまわした。カズバーン王国がこれほど近代的な国家でなければよかったのに。とくに今回のようなことがあると、先代の王族たちがうらやましくなる。ひと昔前ならば、罪深いピーター・キングストンをたっぷりとこらしめてやれただろう。

シャリーフが咳払《せきばら》いをした。「殿下がお呼びというのに、あの男の反応には驚きます。自分の問題を女に片づけさせるとは、いったいどんな男なのでしょう?」

「臆病者《おくびょうもの》さ」ザックは口を引き結んだ。カズバーンへ来ることを拒んだ時点で、あの男が自分のしたことについて釈明する気がないのははっきりしている。「だが、ピーター・キングストンが臆病者だということは承知の上だ。自分の身を守るためなら、血を分けた妹を犠牲にするくらい、やりそうな男だ。妹がひどい目にあうのはわかっているんだからな。彼女が鎧兜《よろいかぶと》を身につけてくることを願うよ」

「あの男は、妹になら殿下がお慈悲を示してくださると思っているのでしょう」シャリーフの言葉に、ザックは苦笑した。

もしピーター・キングストンがザックを少しでも知っていたら、そんな重大な判断ミスは犯さなかっただろう。ザックは女性に甘い男ではない。女というものは男をふりまわすものだと、このうえない残酷な方法で思い知らされて以来、女性には冷たく軽蔑《けいべつ》に満ちた態度しかとれなくなった。女など、そういう扱いでじゅうぶんだと。

「頭がいいことは認めるが、あの男は泥棒に違いない。あいつは罪のない勤勉な国民から、たくわえを盗み取った。イギリスでは許される行為なのかもしれないが、カズバーン王国ではそうはいかない。慈悲をかけるつもりなどまったくないな」

「殿下の寛大な処置がなければ、多くの人々がとんでもない苦境に立たされるところでした。国民に知らせてはどうでしょうか。実はあなたが――」

「そんなことはどうでもいい」

ザックは側近の言葉をさえぎると眉をひそめ、見事な絨毯《じゅうたん》が敷かれた執務室の中を行ったり来たりした。「大切なのは、キングストンのように不正を働くとどういう目にあうか見せつけることだ。明らかにキングストンは処罰されるとわかっている。だから自分では来ないのだ。不正を働いただけでなく、責任もとろうとしない」その口調にはあざけりがこもっていた。

「見せしめに、あの男には厳罰を下すつもりだ」

シャリーフは深いため息をついた。「自分の代わりに妹をよこすとは、いい手を思いついたものですな。殿下が女性を好まれることは、公然の秘密ですから」気をきかせて言ったつもりだったが、ザックは目を細めただけだった。

「それはベッドの中での話だ、シャリーフ」ザックは静かに言った。「ベッドを出れば、人生に女など必要ない」

二度と女など信用するものか。

ふいに、シャリーフの視線がやさしくなった。「しかし、国王はあなたがご結婚なさる日を待ちかねておられます」

ザックは歯ぎしりした。「父上の望みはよくわかっている」冷ややかな返事に、年老いた側近はため息をついた。

「出すぎたまねだとおっしゃるでしょうが」シャリーフはためらいながら続けた。「小さいころから殿下を存じあげている者としては、家庭も築かず独身でいらっしゃるあなたを見ているのはつらいのです」

「たしかに出すぎたまねだな」ザックの口調は冷たかったが、視線はかすかにやわらいだ。シャリーフは心から信頼できる数少ない人間だ。「そんな気づかいはいらない。独身でいると決めたのは僕だ。だが、父上がそんな僕を気に病むのはわかる」

そろそろ結婚問題にけりをつけるべきときだな。

父上が考えている女性とではないが。

時がくれば、自分で花嫁を選ぶつもりでいた。そのときは決して情にほだされたりしない。

ザックは口元を引きしめた。「キングストンの妹が来るという話に戻るが――」

シャリーフは残念そうに首を振った。「きっとあのイギリス人は、王子が女性を痛めつけるはずがないと思っているのですよ」

ザックはゆっくりと笑みを浮かべた。しかし、ハンサムな顔はまったく愉快そうには見えない。彼は危険なほどやさしい声で言った。「痛みにもいろいろあるからな、シャリーフ」愛する痛み、そして裏切られるときの胸を引き裂かれるような痛み。

「ピーター・キングストンの妹ということは、きっとだらしがない女なのだろう。もしキングストンが僕の慈悲を期待して妹を送りこんできたのなら、あてがはずれたな」

ザックは机の上に置かれた儀式用の剣に目をやった。それを手にとり、装飾が施された柄《つか》を握りしめる。ずしりとした重さが手に心地よくなじんだ。

鋭い刀身を端から端まで目でなぞっていくうちにさまざまな感情が荒々しく押し寄せ、鉄のような自制心を忘れそうになる。

裏切り者め。

すばやく力強い動作で、鋭い刃を振りおろした。相手を確実に仕留める正確な剣さばきだった。

シャリーフがあわててあとずさった。

カズバーン王国では、プリンスが剣の達人だと知らない者はいないのだ。

キングストンの妹が気の強い女性だといいのだが。ザックが厳しい表情で剣を机に置くのを見て、シャリーフはやってくる女性になんとなく同情を覚えた。もしピーター・キングストンがザクール・アル・ファリーシ殿下をだますつもりでいるのなら、とんでもなくまずいミスを犯したものだ。

とてつもなくまずいミスを。

1

「ただ今から殿下の御前にまいります、ミス・キングストン。常に起立した姿勢を保ち、話しかけられたときのみ答えることです」ローブをまとった厳しい表情の側近が、にこりともせずに軽く頭を下げた。

「言っておきますが、殿下はお忙しい身です。多くの人々にお会いにならなければなりませんし、山のような責務もかかえていらっしゃいます。あまりお手間をとらせませんように」

エミリーはごくりと唾《つば》をのみこみ、兄の代理を買って出たのを少しだけ後悔した。

〝もし僕が行けば、牢《ろう》に入れられるだろう〟

兄の言葉を聞いたときは、なんて大げさなと思った。兄の代理として借金の返済期限を伸ばしてほしいと頼みに行くのは、筋の通った誠実な行動なのに。

しかしプリンスに会う直前になって、不安でたまらなくなった。側近の険しい表情を見るうちに、いっそう自信が揺らぐ。

エミリーは落ち着くのよと自分に言い聞かせながら立ちあがった。カズバーン王国の次期国王についての噂《うわさ》なんて忘れなければ。この国のプリンスが才気あふれる知的な人でも、数多くの女性と浮き名を流すプレイボーイでも、氷のように冷酷なときがあるとしても、それがどうしたっていうの？　私には関係ない。兄の言葉を伝えたら、すぐに立ち去ればいいのだから。でも、もし失礼なことを口走ってしまったらどうしよう？

エミリーがしていることといえば、五歳児相手に読み書きを教え、遊び場では仲よく遊ぶよう指導するくらいのものだ。千億単位の交渉を朝食前にこなしてしまうような男性とどう話せばいいのかなど、見当もつかない。エミリーをここへよこすなんて、兄はきっと正気を失っていたのだ。

あるいは絶望していたのかもしれない。

兄がなんらかの問題をかかえているらしいとはエミリーも薄々気づいていた。しかし借金について尋ねても、ちょっと資金繰りに困っているだけですぐに解決する、おまえが気にすることはないよ、という答えが返ってくるだけだった。

最後に二人で会ったとき、兄はひどく取り乱したようすだった。どうしてもっと根掘り葉掘りきいておかなかったのだろう。

痛いほど胸をどきどきさせながら、エミリーは側近のあとについて歩いていった。大理石の回廊は永遠に終わらないかのように思えたが、カズバーン王国の宮殿の異国らしいきらびやかな内装にも平然とした表情を取りつくろう。こんな状況でなければ、好奇心のおもむくままに宮殿の歴史についていろいろ質問してみたい。でもすべての出入口には武装した護衛兵が立っているし、変なまねはやめておかねばならない。エミリーはただ、兄の代理としてここへ来ているのだから。

それなのになぜか急に逃げ出したくなってしまう。カズバーン王国の埃《ほこり》っぽい通りを走り、じりじりと太陽が照りつける砂漠を横切って空港にたどり着けば、故郷の小さな村へ帰れる。そしてまた寂しい人生を歩むのだ。

エミリーはあわててそんな想像を払いのけた。私には果たすべき役目がある。生まれて初めて兄が頼ってくれたのだから、失望させるわけにはいかない。両親を亡くして以来、兄はずっとエミリーを守りつづけてくれたのだから。

側近は多くの護衛兵に守られた扉の外で立ちどまり、エミリーについてくるようにと身ぶりで示して中に入った。せきたてられるように大きな部屋に足を踏み入れたとたん、彼女は立ちどまって呆然《ぼうぜん》とあたりを見まわした。

なんてきれいでエキゾチックな部屋なのかしら。

たくさんの窓から光が差しこみ、部屋の奥の壁にかけられた美しいタペストリーを照らし出している。

「まあ」エミリーは競馬の風景を描いたタペストリーに引き寄せられるように近づき、目を凝らした。その前に立ちつくし、図柄から伝わってくる馬の荒々しさや、生き生きとした躍動感に感動した。あまりにも見事な技術に、激しいレースを競う馬の蹄《ひづめ》の音や鼻息までもが聞こえてきそうな気がした。

彼女は畏敬《いけい》の念に満ちた視線を、タペストリーから部屋の隅に置いてある背の低いソファへ移した。金色の絹張りで、色とりどりのクッションがいくつも重ねて置かれている。別の隅には精巧な彫刻が施された巨大な机があり、最新式のコンピューターが据えられていた。

エキゾチックでありながら機能的な部屋のようすに、エミリーは目をみはった。部屋の主が誰なのかは知らないが、ここは執務室に違いない。

もう一度部屋を見まわして、もっと違うものを着てくればよかったと思った。ブルーのコットンのワンピースは涼しくてどこにでも着ていけるが、最新のおしゃれな服ではない。だが教師の給料では、着るものに好きなだけお金をかけるわけにもいかなかった。小さい子供を相手にする仕事なので、服は流行より実用性で選んでいる。

「あの」エミリーは側近に話しかけた。「殿下とはいつお会いすることになっているのかしら？　もしお忙しいのでしたら、出直したほうが――」

側近は質問には答えず、美しい絨毯《じゅうたん》に膝をついた。エミリーは驚いて彼を見つめた。

「帰りたいのかい、ミス・キングストン？」背後から冷ややかな声がした。「僕たちのもてなしが行き届かなくて、着いたばかりなのに帰りたくなったのかな？　それとも、なにかほかの理由があって逃げ出したくなっているのかな？　おおかた、犯した罪がそら恐ろしくなったんじゃないのか？」

「罪ですって？」声のする方へくるりと振り向いた瞬間、エミリーは見知らぬ相手のまなざしに視線をからめとられた気がした。口の中がからからになり、心臓が激しく打ちはじめた。

力強く鋭い光を放つ黒い瞳に射すくめられたように、目をそらすことができない。強烈な感覚が背筋を駆け抜け、息が苦しい。体を動かすことも物を考えることもできないほど激しい興奮が全身を駆けめぐり、かすかなめまいと震えに襲われる。声の主が前に進み出たとき、やっとエミリーは我にかえった。

部屋じゅうを圧するような強力な存在感を放ちながら、彼はゆっくりと歩いてきた。権力のある者だけが持つ冷徹な威厳が、いやがおうにも感じられた。

男性はまるで品行方正な生き方を貫いてきた女性をそそのかし、まどわせるために作られたかのようだった。オーダーメイドのスーツを着こなした姿は、一見どこにでもいる人物のようだ。しかしいくら外見が欧米風に洗練されていても、とても普通のビジネスマンには見えない。大海原を行く海賊というほうがふさわしい。

あるいは、砂漠を駆ける盗賊とか。

彼の風貌《ふうぼう》と威厳に満ちた態度は、カズバーンへ来る途中で目にした荒々しい風景を思い起こさせた。

後ろへ撫《な》でつけたつややかな黒髪から、非の打ちどころがないほどハンサムな顔立ちまで、すべてが荒々しい男らしさにあふれている。鼻は形よく上品で、肩は広くたくましい。はっと息をのむほどハンサムな男性を目の前にして、エミリーは脚から力が抜けていくのを感じた。

息苦しくて頭がくらくらし、体が震えるのを、何度も深呼吸して抑えようとした。側近があわてて立ちあがり、エミリーをきっとにらみつけた。

「殿下の御前では頭を下げなさい」

「殿下って？　あの、もちろん、そのとおりにするつもりですけど――」はっと気づいて、頬をみるみる赤く染める。「まあ、なんてことを……」

非礼をわびようとすばやく頭を下げたが、きらめく黒い瞳が自分の動きを逐一追っているのが痛いほどわかった。

彼がプリンスだと気づくべきだった。想像していたよりずっと若く、西洋風の服装をしているとはいえ、堂々とした姿には自信がみなぎっている。それに身のこなし、態度、漆黒の瞳に宿る冷たい光にさえ、侵すことのできない気品が漂っている。

「も、申し訳ありません」エミリーはぎこちなく謝り、念のためにもう一度頭を下げた。

「でも、あなたもひどいわ。プリンスらしい格好もしていないし、自己紹介もしてくれないんですもの」

側近が信じられないといった顔をして、くぐもった声を短くあげて警告した。だが、プリンスのまなざしは冷静なままだった。

「どんな服装をしていればよかったんだい、ミス・キングストン?」ザックは穏やかに尋ねた。とけたチョコレートのような低く男らしい声に背筋を撫でられた気がして、エミリーはぞくっと身震いした。女性たちのあこがれを常に一身に集めるプリンスらしく、彼はまばゆいほど自信に満ちている。

「そ、それは、アラビアのプリンスのような……ほら、ローブみたいなものを……」エミリーは思わず目を閉じ、身をすくめた。なんてばかな答えかしら。

「君はここで学芸会でもしていると思ったのか? 僕たちはみんな民族衣装を着ているものだというのかい?」

エミリーの答えも待たず、ザックは側近の方を向いて聞いたこともない言葉を鋭く浴びせた。

側近はあわてて引きさがりながらも、一瞬哀れみをこめた目でエミリーを見た。

「あなたがプリンスだと気づかなかった失礼をお許しください、殿下」恥ずかしさのあまり、エミリーの頬は燃えるように熱くなった。

「僕は君が誰だかすぐに気づいたけどね、ミス・キングストン」ザックは大股で窓辺に歩み寄り、中庭を見おろした。そこで起こっていることに心を奪われているのか、動こうとしない。

エミリーはそんな彼をひたすら見つめた。

なんて堂々とした男性かしら。黒く長いまつげ、ハンサムだけれどいかつい顔、広くたくましい肩。

ふいにエミリーは、退屈で平凡な自分の人生が生まれて初めて危機にさらされていることに気づいた。頭の中に浮かんだ驚くほど情熱的なイメージを振り払いながら、一歩あとずさる。

どうか今考えたことを、プリンスに気づかれたりしていませんように。

「不審に思われたかもしれませんが、私がここに参りましたのは――」

さっと振り返ったプリンスの目があまりにも冷ややかだったので、エミリーは身震いした。

「君のおしゃべりを聞くために会うことにしたのではない」

驚きのあまり、エミリーは目をまるくした。視線をそらし、顔をしかめて心の中でつぶやく。彼が誰であろうと、無礼な態度は許せないわ。

だが広い肩に目をとめたとき、プリンスが護衛兵をそばに置いていない理由に気づいて怒りもうせた。その気になれば、一人で軍隊でも相手にできそうなほどたくましく見える。立派なスーツの上からでも、肩の広さや腿の力強さをうかがい知ることができる。

男の中の男とはこういう人のことなんだわ。プリンスの尊大な視線が値踏みするようにゆっくりと体を這《は》うのを感じて、エミリーの口はからからになった。

「もっと近くへ」プリンスは厳しい口調で命じた。その威厳に満ちた態度に、エミリーは催眠をかけられたかのように命令に従った。

身長が百八十センチ近いので、男性と同じ目の高さになることには慣れていた。本当はその背の高さを恨めしく思っていたけれど。しかしプリンスの目を見るには顔を上げなければならず、生まれて初めて繊細で女らしい気持ちになった。

「ミス・キングストン、君がここへ来たのはお兄さんの借金を払うためであってほしいんだが」

なにか含みのある口調を聞いて、エミリーはイギリスにいればよかったと激しく後悔した。

「今日参りましたのは、お金をお返しするためではないんです」エミリーの言葉に、プリンスの唇がゆがんだ。

「面会を許したのは借金の返済のためだ。君のお兄さんは借りた金を返してくれるのだろう?」

「あの、すぐには返せない事情がありまして」

「借金の返済に事情など関係ない」

もの静かでありながら、なんとも脅しに満ちた声だった。

「殿下はきっと、なぜ私が兄の代わりに来たのか不思議に思ってらっしゃるのでしょうね」エミリーがためらいがちに言うと、黒い瞳が軽蔑《けいべつ》するようにきらめいた。

「僕もばかじゃないさ、ミス・キングストン。君がお兄さんの代理で来た理由など、言われなくともわかっている」

値踏みするような視線がふたたび体をなぞるのを感じ、エミリーは急に体じゅうが熱くなった。実際、プリンスに言葉で脅す必要などなかった。危険な光を放つ黒い瞳を向けられただけで、立っていられなくなりそうだ。

「私を代わりによこしたのは、兄が自分で来られなかったからです」プリンスが誤解しているといけないから、事実ははっきり伝えておかなければ。

ザックは黒い眉を上げた。「僕の英語力でも〝来られない〟と〝来ない〟の違いくらいわかる。ところで、お兄さんがここへ来られなかったことに対して、君はどうやって僕の怒りを静めるつもりなんだい？　借金のことを忘れさせるために、君はどんなふうに誘惑してくれるのかな？」

ザックはエミリーのところへ来ると、まるで博物館の展示品でも見るように彼女の周囲をまわりながら眺めた。ハンサムな顔に浮かんでいる笑みは、獲物を狙《ねら》う肉食動物のような残忍さを秘めている。彼は立ちどまると、片手でエミリーの顎を持ちあげてしげしげと見つめた。「君がここへ来た目的は、僕に借金を帳消しにさせるためだろう」

「帳消しにしてほしいわけじゃありません」訳のわからない緊張感と頬に触れるたくましい指のせいで、うまく頭が働かない。「返済期日を少し延ばしてほしいだけです」

「君が墓穴を掘ってしまう前に教えておこう。僕をだまそうとする女性に興味はないんだ」

「だますつもりなんてないわ。それに、借金の帳消しをお願いしたいわけでもありません。兄に時間を与えてやってください。あと二カ月、待ってほしいそうなんです。二カ月あれば必ず全額お返しすると、兄は言っていました」

「彼がカズバーンへやってきて、ある投資を任せてくれと僕たちを説得したときも、同じことを言っていたのにか?」

「私は兄の仕事についてはなにもわかりません。でも、お金を返すためにどうしても二カ月待ってほしいとのことでした」

漆黒の瞳がエミリーを見据えた。「なぜこの僕が二カ月も彼を待たなければならないのだ?」

エミリーは困惑した。実のところ、頼みを断られるとは思っていなかった。想像もつかないほどの富を擁《よう》するザクール・アル・ファリーシにとって、わずかな借金の返済が二カ月遅れるくらい、なんの問題があるだろう?

エミリーはあいまいな笑みを浮かべた。「あの、殿下は寛大な方だと思ってましたので——」

「君は勘違いしているようだ、ミス・キングストン。僕は寛大な人間なんかじゃない」ザックが目をかすかに細め、やさしい声で言うのを見て、エミリーはますます青ざめた。

「決してね」

緊迫した空気が流れたかと思うと次の瞬間、ザックはあいているほうの手でさっとエミリーの髪どめをとった。

プリンスに会うために丁寧にまとめておいた豊かな金髪が、波打ちながら流れ落ちる。ザックは黒い瞳を輝かせて、その光景に見とれた。

「まあ!」驚きの声をあげて、エミリーは髪をつかんだ。「なにをするんですか?」

プリンスはあざわらうように唇をゆがめた。「だまされるのは嫌いだと言っただろう。君は首までボタンをとめ、髪をまとめて清らかな乙女に見せようとしてもだまされないぞ。君はお兄さんに、女の魅力で僕に迫ってこいと言われたんだろう。君にできるのは、せいぜい魅力を振りまくくらいだろうからな。それが本当のところじゃないか」

エミリーはあっけにとられた。

「誤解しないで――」

「誤解なんてしていないさ。実のところ、君のお兄さんは思っていたほど愚かではないようだ」全身に目をやりながら、ザックはエミリーに腕をまわした。「君は実に美しい」

美しいですって？

彼は私を美しいと思っているの？

思春期のころから、エミリーは背が高すぎるから美人ではないと思いこんでいた。誰よりも男らしい男性から称賛されるという生まれて初めての経験に、息もできない。

そのときプリンスの瞳にちらつく影を見て、ザックが冷酷な男だという噂を思い出した。彼は兄にわずかな猶予も与えてくれないどころか、エミリーをなぐさみものとして差し出された戦利品みたいに考えているらしい。

その瞬間エミリーはザックから飛びのくように離れ、震える手で乱れた髪を撫でつけると、わけもわからず口走った。「今回の用件と私の服装になんの関係があるというの？」

「わからないのかい？　それなのに、君はここへ来ることにしたのか、ミス・キングストン？」

「私は兄の言葉を伝えに来ただけです」

ザックはほほえんだ。「伝言は聞いた。さて、次はどうするかだ」

ザックに見つめられ、エミリーは頬を赤らめた。「いったいなんのことかわかりません。

でも――」

「ミス・キングストン」このうえなくやさしく呼びかけながら、ザックが一歩近寄った。触れ合ってこそいないものの、彼の堂々とした体はエミリーにおおいかぶさらんばかりだった。「前もって言っておくが、僕はじらされるのは好きじゃないんだ。ビジネスでの交渉においても、ベッドでの交渉においてもね」

「そんな、じらしたりなんてしていません。兄は殿下にお会いできないことを申し訳なく思っていました」兄に来られない理由をもっと詳しく尋ねておくべきだった。プリンスが激怒するとわかっていたのかしら？「ですが、兄は仕事が忙しいので、代わりに私が説明しに来たんです」

漆黒の瞳にじっと見つめられて、エミリーの鼓動が速まった。彼は冷酷かもしれないけれど、なんてハンサムなのだろう。ゴージャスで男らしい彼を前にして、どうすれば理性を保てるかしら。

突然、エミリーの頭にザックと愛し合う場面が浮かんだ。そんな想像をしたことが恥ずかしくて、目をそらす。私ったらいったいどうしたの？　誰かとベッドをともにするなんて、考えたこともなかったのに。

それはザクール・アル・ファリーシという男性が息をのむほどセクシーだからだろう。宮殿のあらゆる入口に、プリンスに会いたい女性が殺到していてもおかしくはない。そんなことを考えながらあらためてあたりを見まわしたとき、ふと一つの疑問が頭に浮かんだ。

アラブのプリンスたちは今もハーレムを持っているのかしら？

「そうか」ザックはかすかなアラブ訛《なまり》のある英語でやさしく言った。「正直言って、僕も興味があるんだ。君の説明が聞きたくてわくわくしているくらいさ」

あからさまな皮肉を言われて、エミリーははっと我にかえった。「言い訳するつもりはありませんが、投資がうまくいかなかったと、兄は言っていました。でも株式市場はまもなく持ち直すだろうから、もうしばらく待ってほしいそうです」

ザックのまなざしには温かみのかけらもなかった。「僕が寛大な人間でないのは、お互いに承知しているはずだろう、ミス・キングストン。返済期限は延ばせない」

「でも、返済が遅れたのは兄が悪いわけじゃないんです」エミリーは説明したが、ザックは黒い眉を上げてさげすむような表情を浮かべただけだった。

「ピーターは自分の仕事に対して責任があると思っていないのか？」

「いいえ、もちろん、責任は感じています。でも——」

「投資が失敗したことには責任がなかったと思っているのか？」

「いいえ、申し訳ないと思っているはずです」

「では、なぜ悪くないなどと言える？」

ザックの目は厳しかった。エミリーは震える手で髪を押さえながら、もうこれ以上は耐えられないと思った。プリンスが仕掛けた罠《わな》にまっさかさまに落ちている気がする。エミリーは人と対立するのが嫌いだし、ビジネスの交渉などしたこともないのだ。

「投資にリスクはつきものでしょう」エミリーは思いきって言った。

「とすると、君は専門家なんだな?」ザックのなめらかでやさしいからかうような声に、エミリーは顔を赤らめた。

「い、いいえ、もちろん違います」激しい鼓動と体じゅうに広がるほてりを懸命に無視しようとする。「私は小さい子供相手に教師をしているだけです。株価というものはときどき伸び悩むものだと、兄が教えてくれたんです。どうかもうしばらく待ってやっていただけませんか? 二カ月だけでかまいませんから」

「二カ月だけ? その間に、餓死する家族だってあるんだよ、ミス・キングストン」

家族って誰のこと? なぜ餓死しなければならないの? これは投資にいくらか損失が出たという話で、一財産なくしたという話ではない。

エミリーはなにか見逃しているのかもしれないと思って、贅《ぜい》をつくした部屋の中を見渡した。

どう見てもプリンスが餓死しそうだとは言えない。

宮殿は豪華そのものだ。初めて目にした瞬間から、金色のドームと蜂蜜色《はちみついろ》の石造りの壁をすばらしいと思った。まるでおとぎ話に出てくる宮殿そっくりだ。

「二カ月くらい、あっという間だと思いますけど」

「それを一生のように感じる人間もいる」

なにか事情がある気がしたものの、エミリーは両手を拳《こぶし》にしてもう一度頼みこんだ。

「ご迷惑をおかけしているのはわかりますが、兄は必ず返済に参りますから」そうきっぱり言うと、プリンスの目が細められた。

「君のお兄さんへの信頼は実にすばらしいな、ミス・キングストン。しかし、僕は君ほど彼を信用していない。借金を踏み倒そうとする下心があるからこそ、彼は妹をよこしたりしたんだろう」

「違うわ！」エミリーはとっさに兄を弁護した。「兄はお金を返すつもりでいます」

「では、なぜ自分でそう言いに来ない？」

氷のような視線の前で、エミリーは乾いた唇を湿らせ、身震いした。彼女自身、同じ疑問を繰り返し問いかけてきた。「それは……兄は忙しいからです」

「もちろん、そうだろう。人から金をだまし取るのに、だろうが」

怒りのあまり、エミリーは息をのんだ。ここまで兄を侮辱されて、怖いなどと言ってはいられない。「兄にお金をだまし取るつもりなんてないわ。少し待ってと言ってるだけよ」

「待つわけにはいかないね」

「あんまりだわ。兄があなたになにをしたというの？」

「僕に逆らうのか？」

エミリーは顔を真っ赤にした。ザクール・アル・ファリーシの言葉に逆らう者などいないことに、今さら気づいても遅かった。

「あの、いいえ、最終的にはお支払いしますと言いたかったんです。殿下にとっては、少しの間を待つくらいたいした問題ではないと思いますが」

「たいした問題ではないだって？　君もお兄さんと同じく、倫理観がないようだな。君たちのせいで、人々が苦しんでもかまわないというわけか」

プリンスが少しばかり借金の返済を待ったからといって苦しむはずがない。どうやら次期国王はお金のこととなると、まったく融通がきかないらしい。

「わかりました」交渉に長《た》けた相手と言い争いをしても始まらない。人は外見より中身が大切だということを忘れないうちに、プリンスの前から逃げ出そう。「では、返済期日を延ばしてはいただけないのですね。家に帰って、兄にそう伝えます」

エミリーがドアに向かおうとしたとき、ブロンズ色に日焼けした長い指に手首をぐいっとつかまれた。

ザックがほほえみかけた。「帰すわけにはいかないよ、ミス・キングストン。君はピーターの代理として来たのだから、当分の間ここにいてもらう。保険としてね」

「ここにいてもらうですって？」

「当然だろう」二人の視線がぶつかった。ザックのまなざしは断固としていて、同情の色さえなかった。「本人が来ると思っていたのに、やってきたのは君だった。君を帰してほしいなら、ピーターが自分で来なければならないというわけだ」

「いやよ！　そんなのお断りだわ」エミリーは驚きのあまり、一瞬礼儀も忘れてザックをにらみつけた。

「君たちは我が国の法律を破った。だからピーターが直接僕に会いに来るまで、君は宮殿にいたまえ」ザックは冷たい声でさらりと命令すると、エミリーの金髪を指ですいた。

「その間、どうやって退屈をまぎらすか一緒に考えようじゃないか。ミス・キングストン、ようこそカズバーン王国へ」

2

たいした演技力だ。エミリーの頬が青ざめ、濃いブルーの瞳が大きく見開かれるのを見て、ザックは心の中で舌を巻いた。

おびえながら途方に暮れる彼女が、ふいにとても幼く見えた。もし過去の苦い経験がなければ、彼女を抱きしめて安心させていただろう。だがなにかを手に入れたいとき、女はいかにももっともらしい演技をすることができるのだ。

苦々しい笑みを浮かべて、ザックはエミリーがカズバーンへ来たわけを思い起こした。彼女の兄は、明らかに重大な罪から逃れるつもりでいる。彼女は罪人の妹だ。

質素な服装もなにも知らないそぶりも、すべてここからうまく逃げ帰るための作戦に決まっている。だが、そうはさせない。彼女を交渉の道具としてここに置いておき、どんなに身勝手なことを言ったかじっくりと思い知らせなければ。

カズバーンの罪もない市民が何千人も全財産を失ってしまったというのに、彼女はなんとも思わないのだろうか？

エミリーは二カ月の猶予を願ったが、二年の猶予があっても借金が返せないことはじゅうぶんわかっているに違いない。どうやって払うというのだろう。調査によればピーターは破産寸前なうえに、なんらかの怪しげな取り引きにかかわっているらしいのに。

しかし欲深く道徳的に堕落した人間が、なぜこれほど美しく見えるのだろう？　大きく見開いた瞳、みずみずしい唇、赤く染まったやわらかそうな頬。ザックはエミリーの顔にうっとりと見入った。とたんに体がこわばり、興奮が炎のようにめらめらと燃えあがった。彼女が持つ清純さとなまめかしさに激しく刺激されたことがいらだたしくて、歯をくいしばる。彼女が何者なのかわかっていても、並はずれた美しさを前にして本能を抑えきれない。気づくと、ザックは自らの衝動と必死に闘っていた。この女性の服をはぎ取り、机の上に押し倒してめくるめくひとときにひたりたい。

黒い瞳がブルーの瞳とぶつかった。ザックはアラビア語でなにかつぶやくと、持ち前の意思の力を総動員してエミリーから離れ、ふたたび窓辺に歩み寄った。しかし視線がからみ合った瞬間、彼はあることに気づいた。

エミリーは、僕が彼女を意識しているのと同じくらい僕を意識している。実際彼女が執務室に入ってきた瞬間から、空気中には情熱の粒子が飛び交っているようだった。彼女も僕と同じ熱い興奮を覚えている。

だからといって、決心を変えたりするものか。

あのときのようには。

かつてザックはある女性に夢中になり、欲望のままにふるまって苦い思いをした。二度と同じ過ちを犯す気はなかった。

「私がいやだと言っているのに、引きとめることなんてできないはずよ。どうするつもり？　塔にでも閉じこめるの？」

エミリーは頭を高く上げて言ったが、声は震えていた。ザックはおもしろがるようにほほえんだ。「おとぎ話の読みすぎじゃないか、ミス・キングストン。君を幽閉するなら、もっと現代的にやるよ。塔に閉じこめるより、僕のベッドでもてなそう。君が承知しない限り、いっさい手出しはしないと誓うよ」

エミリーが驚きの声をもらした。呼吸が速まり、頬が赤くなるようすを、ザックはおもしろそうに見つめた。彼女はまだ無邪気なふりをしつづけるつもりらしい。一糸まとわぬ姿で僕の下に横たわっても、純粋無垢《むく》なふりをしつづけるのだろうか。もうしばらく芝居につき合ってやろう。

「こんなこと、ばかげているわ。私を帰して――」

声が途切れた。ザックはおもしろがりながらも感心したようにエミリーを見つめた。こんなとき女性は涙を流すものだが、彼女はぐっとこらえている。だからだろうか、とても美しく見える。

「愚かにもお兄さんの代わりにここに来た時点で、君はこうなるとわかっていたはずだ。ピーターが姿を現せば、帰してやろう」ザックは早口で言うと、窓の方に大股に歩いた。エミリーの目に光るものを見て、なぜかいらだちを覚えたからだった。

「でも、兄はお金を都合するために二カ月待ってほしいだけなんです」エミリーはくいさがった。「それがそんなに図々《ずうずう》しい望みですか？　お金がそんなに大事でしょうか？」

悪いのは彼だと言わんばかりのあてこすりや、再三にわたる要求に激怒し、ザックはくるりと振り向いた。怒りがおさまらず、エミリーのそばまで戻ると、彼女の顔に後悔の色はないかどうかさぐった。

そのせいで彼女の長いまつげの一本一本や、白い喉元が小さく脈打っているのまで見てとれた。またしても強烈な欲望に体がうずき、不満のうなり声をもらす。

外見は美しいかもしれない。だが心は醜いのだ。

「君のお兄さんは、ここカズバーン王国で牢《ろう》に入れられてもしかたがない罪を犯した。君をよこせば法の裁きを逃れられると考えるなど、勘違いもはなはだしい。ピーター自身がここへ来て自らの罪に向き合うまでは、君を帰すわけにはいかないな」

「兄は借りたものは返すつもりでいます」エミリーは背筋を伸ばして断言し、ザックを見つめた。「あなたに私を引きとめることはできないわ」

息をするたび、エミリーの胸が大きく上下する。ザックに見とれるあまり、やわらかい唇は開き、胸の先がワンピースの薄い布地に浮かびあがっている。彼は剃刀《かみそり》のように鋭い洞察力で、その変化を見逃さなかった。

「君が帰ってこなければ、ピーターは君をさがしにここへやってくるだろう。僕に会う度胸があればの話だがね。君のお兄さんは犯罪者だ。彼が来ないのなら、君を裁判にかけなければならない」

「裁判ですって?」エミリーは青ざめた。「でも私、なにもしていないわ」

「君はお兄さんの代理で来たのだろう」ザックは涼しい顔で指摘した。「だから君にも責任がある。それが正義ってものさ」

「正義ですって?」エミリーは首を振った。「冗談じゃないわ。あなたは犯罪者扱いするけど、兄は悪くない。だから、私を裁判にかけるなんてできないわ」

「僕の思いのままにならないことなどないんだ」ふとザックはピーター・キングストンを許す代わりに、エミリーを机に押し倒したい衝動に駆られた。あまりにも激しい感情にいらだち、声を荒らげた。「ここはカズバーン王国で、イギリスではない。君の国は違うのかもしれないが、我が国では窃盗は重罪なんだ」

「いったいなんの話? 兄はなにも盗んだりしていないわ。投資にリスクはつきものでしょう。景気がいいときもあれば、悪いときもあるわ」

ザックは目をしばたたいた。経済について講義されるとは思ってもいなかったのだ。ザックは経済学の学位を持ち、アメリカの名門校で経営学修士号《MBA》をとっている。病気の国王に代わって国を治めるようになって以来、経済はますます成長している。投資やそれにまつわるリスクなど、教えられるまでもなかった。

リスクを承知のうえで繁栄を築いてきたのだから。

ピーターもエミリーも借金の返済ができないのを株の変動のせいにすれば、僕が信じると思っている。金が一ポンドたりとも投資にまわされていないことは、すでに調べがついているのに。

ザックは言った。「では、株が上がるよう祈るんだな。それとお兄さんがすぐ来てくれることをね。彼が来なければ、それだけ滞在が伸びることになる」

「でも――」

「話はこれで終わりだ。ほかの者にも謁見しなければならないのでね。お兄さんが来るまでは宮殿にとどまるように。これは命令だ」

逃げなければ。

プリンスはエミリーを、兄が来るまでの人質にするつもりらしい。

〝塔に閉じこめるより、ベッドでもてなそう〟

エミリーはわずかばかりの私物を、手当たり次第に小さなバッグにつめこんだ。プリンスに話を聞くつもりも、私を帰す気もないなら、自分でなんとかしなくちゃ。

プリンスは見かけは立派かもしれないが、無慈悲で冷酷でまったく融通がきかない。巨万の富がありながら、どうして兄に借金の返済を迫るのだろう？

物欲などないので、欲の深い人間のことはよくわからなかった。エミリーは十二歳のときに両親を失った。だから、自分の家庭を持つことができればそれでいいと思っていた。妻を愛する夫と、子供たちのいる家庭を。

服を残らずバッグにつめこんだとき、エミリーはごくりと唾《つば》をのんだ。いつの日か絶対にそんな家庭を持つわ。やさしくて愛情にあふれ、私を安心させてくれる男性とね。ザクール・アル・ファリーシのような、冷酷でお金にしか興味がない男性なんてごめんだわ。

ザックがそばにいたときの胸のときめきを思い出して、エミリーは手をとめた。今まで誰にもあんな感覚を覚えたことはなかった。むき出しの欲望をたたえた冷ややかで厳しいザックのまなざしを思い出すと、体が震え、頭がくらくらする。

あんな目で見つめられたことなどなかった。

こんなに女らしい気分になったこともなかった。

エミリーは顔に手をあて、ザックが頬と髪を撫《な》でたときのひんやりとした感触を思い出した。心臓は早鐘を打ち、膝から力が抜けていったことも。

彼はほんの一瞬触れただけだった。しかし激しい欲望にきらめく瞳に誘われたように、反射的に彼へと引き寄せられた。ザックは女性を誘惑しなれているはずだから、エミリーのようなうぶな女を操るくらい簡単だろう。

エミリーはバッグをきつく握りしめた。あなたは彼が欲しいのね。さあ、認めなさい。ザックはひどい人なのに、あなたは彼を求めている。彼のベッドに連れていかれる光景を想像して――。

目を閉じ、思わず自己嫌悪のうめき声をもらした。

だめよ！　彼にバージンを捧《ささ》げるつもりはないわ。愛のない関係なんて求めていない。楽しいかもしれないけれど、つかの間の関係に興味はない。恋に落ちた相手とは尊敬と友情に満ちた関係を築こうと、ずっと心に決めてきたでしょう。

でも、その夢が急に退屈なものに思えるのはなぜかしら？

エミリーは小さく体を震わせた。ザクール・アル・ファリーシは驚くほどハンサムかもしれないけど、魅力的なのは外見だけ。まったく理屈が通じないし、兄を犯罪者だと非難するのだから。

このままここにいるわけにはいかないわ。

ひょっとしたら、今まで知らなかったみだらな自分から逃げ出そうとしているのかもしれない。エミリーはそんな不快な考えを心の奥にしまいこんで歯をくいしばると、バッグのジッパーを締めて床に置いた。そしてワンピースのポケットにパスポートをすべりこませながら考えた。

空港はそれほど遠くなかった。そこへ向かう車に乗せてほしいと誰かに頼めばいい。まずは見つからないように宮殿を抜け出さなければ。

部屋の窓から三階下の中庭を注意深く見おろした。それほど高くはない。精巧な織りのカーテンを見てからそれをくくるひもに気づき、慎重に強度を確かめた。学校の体育館にあるロープによく似ている。人の体重を支えるにはじゅうぶんだろう。

幸い、エミリーの運動神経は抜群だった。


「ミス・キングストンが宮殿から抜け出しました、殿下」

ザックは顔を上げた。義理の姉が使った金額を詳しく調べたばかりで、怒りがくすぶっていた。

「彼女がなんだって?」

側近のシャリーフが唇を湿らせた。

「宮殿の壁をロープを伝って下りたのです。護衛兵が彼女を目撃したのですが、逃げ足が速くて捕まえることができませんでした」

「ロープだと?」ザックはおとぎ話のように、塔に閉じこめるつもりかとエミリーからきかれたことを思い返した。「ばかな、彼女は自分の髪でロープを編んだのか?」

おとぎ話についての会話など知らないシャリーフは困惑した表情を浮かべた。「カーテンをとめるひもを使ったようです」

「なるほど」ザックはゆったりと椅子にもたれ、苦笑した。どうやら、あの女性を見くびっていたようだ。カーテンのひもを使って宮殿を逃げ出すとは、よく考えたものだ。

だが逃げたということは、彼女が有罪である証拠だ。どうやらエミリー・キングストンは、兄が自分を救い出してくれるとは思っていないらしい。

しかしそこまでして宮殿から脱出して、なにができると思っているのだろうか。プリンスの僕の許可がなければこの国からは出られないことを、まさか知らないわけではないだろう？　宮殿の壁を伝いおりれば飛行機に乗れると、本気で考えたのだろうか？

女はどうしてこうも面倒なのかと思いつつ、ザックはうんざりした目でシャリーフを見た。「追っ手はつけたのか？」

「もちろんです」

「よし」ザックは意地悪くほほえんだ。「行きたいところへ行かせて、逃げようとしたらどうなるか思い知らせてやろう」

シャリーフは驚いた。「しかし殿下、女性が通りをうろつくのは危険です。彼女は――」

「ショックを受けるだろうな」ザックの目が期待にきらめいた。「カズバーンを一人で歩けば、そのうち僕に守ってほしくなるに決まっている」

そうすれば、彼女も僕に従うだろう。

「しかし、殿下、ミス・キングストンのように美しい女性が——」

「あの女は盗みを罪ともなんとも思っていない」ザックはそっけなく言うと唇を一文字に結び、しなやかな身のこなしで立ちあがった。「カズバーンの荒っぽいところを少し見せてやろう」

たぶん、これで彼女もこりるだろう。

シャリーフはとまどっているようだ。「しかし彼女は市場へ向かって歩いています、殿下。日も傾きかけて、まもなく暗くなります。西洋の女性には危険かと」

「そのとおりだ。だが、エミリー・キングストンはなにも知らない乙女というわけではない。自分の面倒くらい、自分で見られるだろう。宮殿から出ればどうなるか、今後逃げようなどと考えなくなるように思い知るがいい」

困惑顔のまま、シャリーフは頭を下げた。「急ぎ指示を仰ぎたい問題がもう一つあるのです、殿下。子守りがジャマール王子の癇癪《かんしゃく》に手こずっておりまして」

ザックは目を閉じ、うんざりした声で言った。「その子守りは働きだしてどのくらいだ、シャリーフ?」

「四週間です、殿下。前の四人よりは長く続いております。問題が山積していますときに、このような件でお手をわずらわせて申し訳ありませんが、なにぶん母親である殿下のお義《ね》姉様《え》がまだご旅行中なものですから――」

ろくに経験もない他人の手に我が子を任せてヨーロッパを遊びまわっている義姉を、ザックは苦々しく思い出した。だがカズバーンにいたらいたで数えきれないほどのトラブルを起こすとわかっているので、帰国を命じる気にはなれなかった。

幼い甥《おい》のことは心配だが、かといってまんまと義姉の思いどおりになどなりたくない。

いつものように冷静に事態を分析したあと、そろそろ身を固めるべき時がきたことを実感した。独身でなくなれば、僕と結婚しようというダニエーレのたくらみを阻止することができる。

「甥をうまく扱える人間がきっといるだろう。それまで私がジャマールに言って聞かせよう」もういいだろうというふうにシャリーフを見て、目を細める。「まだなにかあるのか?」

「殿下のお兄様がお亡くなりになられてから、もう五年近くになります。未亡人のダニエーレ様がタブロイド紙に写真を撮られて以来、国王はまたスキャンダルが起こるのを心配なさっています。殿下とダニエーレ様がご結婚なさるのを望んでおられますから――」

ザックは眉一つ動かさず、じっと座っていた。

一刻も早く結婚したほうがよさそうだ。だが、義姉《あね》とではない。

どんな女性だろうと、義姉よりはましだ。

思えばあのとき——。

若いころの過ちを振り返り、ザックは口を引き結んだ。愛などこの世には存在しないと固く信じているが、花嫁を選ぶときは、子供をなによりも大切にする女性にしよう。

僕はダニエーレとは結婚しない。

かといって結婚したい相手がいるわけではなく、心底憂鬱《ゆううつ》になってため息をついた。王位継承者という立場にともなう義務や責任が、ときどき両肩に重くのしかかるコンクリートの塊のように感じられる。

ようやく感情を自制心で抑えこむと、ザックは言った。「兄の未亡人については僕がなんとかする」

そして手ぶりでシャリーフを下がらせ、ゆったりと椅子にもたれて、さてどうするかと考えた。

ふいに、頭の中にエミリー・キングストンの姿が浮かんだ。机の上に広げた書類の数字に目を戻しても、彼女のことが頭から離れない。蜂蜜色《はちみついろ》の金髪や誘うようなやわらかな唇のイメージが頭の中いっぱいに広がり、心が騒いだ。

ミス・キングストンは美しい金髪やセクシーな体の線を隠しもせずに逃げ出したに違いない。あの魅力を振りまきながらカズバーンの通りを歩いていると思うと、落ち着かなかった。

ザックは低い怒りの声を発して立ちあがり、空を見た。青い色が濃くなっており、シャリーフの心配が本物になりそうだ。一時間もすれば、外は真っ暗になるだろう。そこに、エミリー・キングストンは一人きりでいるのだ。

ザックはすぐに心を決め、軽く悪態をつきながら電話をかけはじめた。

甥と義姉の問題も片づけなければならないが、まずはエミリー・キングストンをなんとかしなければ。


エミリーは誰にも気づかれずに宮殿を抜け出せたことが信じられず、肩越しにそっと後ろを振り返ったが、追っ手の気配はなかった。胸がどきどきし、てのひらが汗ばんでいる。こんな怖い思いをしたのは初めてだった。

次は、空港へ向かう車を見つけなければならない。

カズバーンでは、どこへ行けばタクシーに乗れるのかしら?

宮殿を逃げ出した興奮がおさまってくると、急に外の厳しい暑さが身にしみた。夕刻が迫るころになっても埃《ほこり》っぽい通りには太陽がじりじりと照りつけ、息がつまりそうなほど湿度が高い。

帽子が欲しかった。エミリーは少し心細くなって小さなバッグをしっかりと持ち、歩きにくいハイヒールでできる限り歩を速めた。ジャケットの下で汗が流れるのがわかったが、脱ぐわけにはいかない。周囲の注目を集めるようなまねはしたくなかったし、脱げばどうなるかわかっていた。ワンピースは足首まであるけれどノースリーブなので、カズバーンのような国では大胆すぎるだろう。無事飛行機に乗りこめたら、すぐに脱げばいい。

方角もわからないまま歩いていくと、町の市場に出た。色とりどりに飾られた露店から漂ってくるおいしそうなにおいに、一瞬心細さも忘れる。

香辛料を売る露店だった。

興味をそそられ、ターメリックやなんだかわからない香辛料が山のようにうず高く盛りあげられているそばで立ちどまった。隣の露店では食べ物を料理して売っており、鍋《なべ》ががちゃがちゃと鳴り、熱い脂がじゅうじゅう音をたてながら溶けている。そよともしない熱い空気の中においしそうなにおいが広がり、食欲をそそった。

エミリーは歩きつづけた。伝統的なローブを着た男たちが鮮やかな色に染めあげたシルクを売っている。めずらしいナッツ類やお菓子、果物、野菜なども並べられていた。

タクシーについて人に尋ねてみたが、あいまいに手を振って示されただけだった。教えられた方へ歩いていったが、いつまでも露店が続くばかりでタクシーらしきものは一台も見えない。

みるみるうちに日は暮れ、エミリーはいったいどこにいるのかまったくわからず、カズバーンの町中で道に迷ってしまった。

急にひどく不安になり、振り返って埃っぽい迷路のような通りを見つめながら、もと来た道を思い出そうとした。

いつの間に市場の活気とざわめきが聞こえなくなったのだろう？　まるでエミリーだけが地球上に取り残されたかのように、通りは気味が悪いほど静まり返っている。

誰か来ないかしらと思いながら、通りを引き帰そうとして立ちすくんだ。突然、ローブ姿の三人の男が行く手に立ちふさがったのだ。

心臓が恐怖のあまり早鐘を打った。

一人の男がエミリーには理解できない言語で話しかけてきた。彼女が答えずにいると、逃げ道を断つようにまわりを取り囲んだ。

本能的に、エミリーはバッグを抱きかかえた。

いちばん背の高い男がにやにやしながら話しかけてきた。なんともいやらしい笑い方に、エミリーは身の危険を感じてぞっとした。

恐怖に震えていることを顔に出して相手を満足させるのがいやで、エミリーは顎を高く上げ、男たちの横を抜けようとした。しかし男たちは言葉を交わしながら、彼女に少しずつ近づいてきた。

一人がエミリーの髪をわしづかみにした。

「放して！」心臓が馬が駆けるようなスピードで打った。エミリーは頭をぐいと引いて男の手を引き離し、一歩あとずさった。しかし別の男に背後にまわりこまれ、逃げ道をふさがれた。

絶体絶命だ。

3

エミリーはやっきになって逃げ道をさがしたが、打つ手はなかった。男たちは彼女を取り囲んだまま近づいてきたかと思うと、一人がバッグをつかみ、別の一人がジャケットをはぎ取った。

エミリーはたちまち薄手のワンピースにハイヒールという姿になって、埃《ほこり》っぽい道に立ちつくした。

一瞬恐怖のあまりその場に凍りついたが、冷静になるにつれ、怒りがわきあがった。私は外国からの旅行者なのだ。尊敬と思いやりをもって扱われるべきではないだろうか。

「私はイギリス人よ」エミリーは一言一言はっきり言った。「私のものを返してちょうだい」

男たちに好色な目で見返された瞬間、エミリーは衝動的に反撃に出た。バッグをとった男に飛びかかり、ハイヒールをはいた足で思いきり蹴《け》りあげる。不意を突かれた男は痛みのあまり、ぎゃっと叫んで体を折り曲げた。

「ハイヒールが危険な理由がやっとわかったわ」エミリーはつぶやくなり、バッグをかかえて一目散に走りだした。

だが、勝利の喜びは長くは続かなかった。男たちはエミリーの攻撃に一瞬呆然《ぼうぜん》としていたが、はっと我にかえった仲間の二人が彼女めがけて飛びついた。ワンピースが裂け、バッグが飛び、彼女は不様に地面に倒れた。その瞬間、足首に鋭い痛みが走った。

「痛っ！」歯をくいしばって痛みに耐え、顔を上げながら怒りもあらわに身構えたとき、四人目の男が目に入った。がっちりした体をおおうローブをはためかせながら、大股に近づいてくる。

三人の男たちよりも長身でたくましい男だった。その顔に浮かぶ厳しい表情に、エミリーは震えあがった。頭はターバンにおおわれていたが、黒い瞳が猛々《たけだけ》しく光っているのがちらりと見える。男は前に進み出ると片手をローブの中に入れ、あたりにざっと目を走らせてから聞き慣れない言葉を語気荒く発した。

味方なの？　それとも敵？

エミリーは固唾《かたず》をのんで、男の褐色の手をじっと見つめた。ローブの中には武器が隠されているに違いない。三人と戦う気なのかしら？　しかし彼は長くたくましい指をぴくりとも動かさず、彼女を襲った男たちをじっと見つめているだけだ。

最初はいきりたっていた強盗たちが、一人また一人とあとずさった。新たに現れた男の鋭い眼光やたくましい体から発散される力強いオーラに、見るからに恐れをなしている。強盗たちは隙《すき》を見てぱっと身をひるがえし、エミリーのバッグとジャケットを持って逃げ去った。

エミリーは裂けた襟元を押さえながら、男たちを追い払った男性を見つめたまま震えていた。

彼は無言でエミリーを抱きあげた。

「なにをするの?」驚いた彼女は男の肩を拳《こぶし》でたたいたが、びくともしない。「下ろして!」

「じっとするんだ!」

男はエミリーを抱きかかえた手に力をこめ、楽々と歩きはじめた。狭く埃っぽい入り組んだ通りを抜け、人目につかない戸口で立ちどまる。

「怪我《けが》をしたのか?」完璧《かんぺき》な英語で尋ねられたとたん、エミリーは悔しいけれど泣きたくなった。

いいえ、驚いただけよ。男の肩に顔をうずめて泣きたいのをこらえて、そう自分に言い聞かせた。

「もう大丈夫だから下ろしてちょうだい。なぜここへ連れてきたの? 大通りよりもっと危険に思えるけど」

「君は人目につきすぎる」男性の口調は厳しかった。だが、驚くほどやさしくエミリーを下ろした。「血が出てるじゃないか」

エミリーは彼の視線を追っていき、脚がずきずきすることに気づいた。くるぶしのところがざっくりと切れ、血が流れている。「ああ、飛びかかられたときに切ったんだわ」

「危険な場所を歩くから、襲われたりするんだ」男性は含みのあるため息をつくと、しゃがみこんだ。さっとスカートをめくり、足首を調べる。「怪我をして当然だ。こんな靴をはくなんて」

「私もそう思うけど、これしか持ってきてなかったの」靴を脱がせて足首を調べる男性にびくびくしながらも、エミリーは言い返した。「荷造りをしたとき、全速力で走るとは思っていなかったのよ。痛いわ！」

「足首の怪我だけですんだことに感謝するべきだ。縫うほどの傷じゃないだろう。次に逃げ出すときは、もっと慎重に靴を選ぶことだな」

エミリーは目をまるくし、あらためてまじまじと男性を眺めた。「どうして私が逃げ出したと――」

男性がなにかをさっとはずして手早くエミリーの足首に巻きつけ、視線を上げて彼女を見つめた。猛々しい光が宿る黒い瞳を見たとたん、エミリーは男性の正体に気づいて息をのんだ。

「まあ、殿下！」

「そうだ。この服装のほうがお気に召すかと思ってね、ミス・キングストン」

ザックを見つめたまま、エミリーは息もできなかった。スーツ姿もすてきだったけれど、民族衣装をまとった彼は最高にすてき。なぜすぐに気づかなかったのかしら？　薄闇《うすやみ》の中でも、彼は並はずれてハンサムで、血筋のよさをうかがわせるように威厳に満ちていた。

強盗たちが逃げ出したのも無理はない。

「やっぱり君は塔に閉じこめておくべきだったな」ザックは冷ややかに言って立ちあがり、狭い通りに目をやった。

「そのほうがみんなにとってもよかった。この国をおとぎ話と同じだとは思わないほうがいい。君のせいで、多くの人間にいろいろ迷惑がかかったんだ。夕方、僕は王宮で人と会わなければならなかったが、君が逃げ出したせいで断るはめになった。争いを避けるために仲よくしておくべき相手だったのに」

エミリーは申し訳なさそうにザックを見た。「あとを追ってくれなんて頼んでないわ」

「もし追っ手をつけていなかったら、今ごろ君はあの男たちに好きにされていただろう。護衛兵たちは君を見失い、通りという通りをくまなくさがしていたんだ。どこでもシルクのような髪を振り乱した美しい西洋の女性の話でもちきりだったそうだ。カズバーンには、西洋の女性の一人歩きが危険な地域もある。宮殿にいたほうが安全だとよくわかっただろう。一歩外に出れば、多くの危険が待ちかまえている。照りつける太陽、砂漠、気の荒い部族――」

そして、ものすごくハンサムなプリンスも。

胸をどきどきさせながらエミリーはザックを見つめ、たぶん目の前の男性がいちばん危険だろうと思った。困惑と不安の中で、足首に走る痛みに顔をしかめる。「私、ただ家へ帰りたかったの」

ザックは怒りもあらわにエミリーを見つめた。「そんな格好でどこまで行けると思ってたんだ？」

エミリーは自分の姿を見おろして、恐怖のあまり息をのんだ。ワンピースの襟元が大きく裂け、白い肌がむき出しになっている。彼女は顔を真っ赤にして服をかき合わせ、ザックをにらみつけた。「ジャケットをとられたのよ。バッグもね」

「背中に流れるその金髪も、服装と同じく露骨に誘っているようだ」そのいらだたしげな口ぶりに、思わずエミリーはかっとなった。

「髪はあなたのせいよ！　宮殿で髪どめをはずしたりするから、なくなったの。市場で帽子を買おうとしたんだけど、見つからなくて」

「帽子なんて旅行客しか買わない。それに、このあたりに店などない」ザックがうんざりした顔をしたかと思うと、急に身を硬くした。二人の耳に、叫び声が近づいてくるのが聞こえた。

ザックが声をもらしそうになったエミリーの口をすかさず手でふさぎ、体でドアに押しつける。

「静かに！」小声で命じられたとき、エミリーはやっと自分の愚かさに気づいた。こんな見知らぬ町を歩いて家までたどり着けると思っていたなんて。もし彼が見つけてくれなければ――。

エミリーは目を閉じた。感じられるのは日没直後の蒸すような熱気と、押しつけられたザックのたくましい体の感触だけだった。エミリーを隠そうとする彼の荒い息づかいを聞いていると、しっかりと守られている気がした。初めての経験に我を忘れて男らしい香りを吸いこみ、頼もしくたくましい体に身を任せる。無意識のうちに手足から力が抜けていき、ザックの手にふさがれた唇が開く。ふいに褐色の長い指を味わいたくなり、エミリーは舌で触れた。

その瞬間、鋭く息を吸いこんだザックがかすれた声で何事かつぶやき、エミリーの唇から手をどけた。そしてなんの予告もなくその手をシルクのような金髪に乱暴にすべりこませると、彼女の顔を上向かせ、鋭い目で見おろした。

ザックが荒い息をつきながら瞳を怒りと欲望にきらめかせた瞬間、罰するかのような激しさでエミリーの唇を奪った。炎のようなキスの中で、彼女は驚きの叫び声をあげた。興奮が全身をつらぬいた。口を巧みにさぐられ、熱い体を押しつけられて、エミリーはすべてをザックにあずけた。温かくたくましい手が背中を撫《な》でおろし、強く抱き寄せる。やわらかな体とがっちりとした体がぴったりと合わさった。

うっとりとしながらも、エミリーは正気になろうともがいた。しかし押しつけられるザックの体とキスに自制心は奪われ、頭がくらくらし、体に力が入らない。生まれて初めて経験する、あまりにも強烈な感覚だった。二人はどこからが自分でどこからが相手なのかもわからないほど強く抱き合い、夢中になって唇を重ねつづけた。

またしても大きな叫び声が、白く輝く欲望の靄《もや》の向こうから聞こえた。声は鋭い剣が布を切り裂くように、たちまち二人の間に燃えあがった炎を消した。ザックがさっと唇を離して体を引くと、エミリーはよろめきながらも困惑した目で厳しい表情の浮かぶハンサムな顔を見つめた。初めて味わった刺激的な喜びを中断されて、体は不満の叫び声をあげていた。

全身がうずいていた。彼が始めたことをやめないでほしいと。

同時に、エミリーはそんなふうに反応してしまった自分を心から恐れた。まったく説明がつかない。彼を嫌いながら、すべてが欲しくてしがみつくなんてことがあっていいのだろうか？

彼の頬をたたき、体を押し返すべきだった。先に体を離したのがザックだったことに、エミリーは屈辱を覚えた。

「まずかったな」ザックはうめくように言うと、さらに一歩あとずさった。「カズバーンでは、こんなことを人前でしてはいけないんだ」

どちらがよりショックを受けているのだろうと考えながら、エミリーは無言でザックを見つめた。

涼しい顔で深刻な過ちを犯したと言わんばかりの彼のほう？　それとも、熱いひとときを初めて経験した私のほうかしら？　エミリーは今まで、女性としての喜びというものをあまり信じていなかった。年ごろになってから何度かキスをしたことはあったけれど、どれも味気なかった。だから、性にはあまり関心のない女だと思いこんでいた。

でも、関心がなかったわけではなかった。その事実を教えてくれたのがザックだということに、エミリーはぞっとした。

「面倒なことになる前に帰ろう」ザックが厳しい声で言った。

面倒なことってなに？　ほかの誰かに襲われること？　それとも、私に襲われると思っているの？

きっと彼にとっては、さっきのキスなどなんでもないに違いない。プリンスにつくしたい女性なんて星の数ほどいるのだろう。暗い路地裏で一度キスしたくらいでは、火がつくことなどないのだ。

「あなたのボディガードはどこにいるの？」

黒い瞳が謎《なぞ》めいたように光った。「近くにいるよ。彼らを呼ぶべきなのかもしれないが、そうはしたくない。自分の身くらい、自分で守れるから」

ザックは低く口笛を吹いた。とどろくような蹄《ひづめ》の音が聞こえたかと思うと、黒い馬がこちらへ突進してきてザックのそばでとまった。見事な頭を振りあげ、鼻を鳴らし、今にも走りだしそうに蹄を踏み鳴らしている。

エミリーはその美しさに息をのんだ。馬を生涯の友のように愛し、自分でも二頭を飼っているので、目の前に現れた馬がどんなにすばらしいかはよくわかる。

彼女はかすかにほほえんだ。その馬には主人を連想させるところがあったからだ。強く、たくましく、このうえなく危険なところが。

ザックは馬にやさしく話しかけ、エミリーの方を振り向いた。「さあ、行こう」

彼は私を宮殿へ連れて帰る気だわ。エミリーはあとずさりしながらかぶりを振った。

「一緒になんか行かないわ。私は――きゃっ」エミリーが言いおわるよりも早く、ザックは軽々と彼女を馬の背に乗せると、自分も後ろに飛び乗った。両手で軽く手綱を握り、急速に暮れゆく通りを疾走する。

馬に乗るのは慣れていたとはいえ、こんなに荒々しい迫力に満ちた俊足の馬に乗ったことはなかった。馬は体を震わせ、目をぎらつかせながら、埃っぽい道を全速力で走った。しかし、ザックは冷静そのものだった。馬のみなぎる力を牽制《けんせい》しながら、適度なスピードを保っている。馬と一体になっているかのようだった。

ほかのときなら、エミリーはこんなすばらしい手綱さばきを見て畏敬《いけい》の念を抱いただろう。しかし今は、いったん宮殿に連れ戻されたら二度と逃げられそうにないという思いで頭がいっぱいだった。

狭く迷路のような通りを、馬は右に左に曲がりながら走った。エミリーは馬のたてがみにしがみつき、行く手に誰も歩いていませんようにと願った。体をがっちりとつかんでいるザックの腕のたくましさを感じる。彼が宮殿へと馬をせかすたびに、固い太腿が触れる。

馬はますます速度を上げ、途方もないスピードで大地を駆けていった。

きらびやかな宮殿へは荘厳な正面の門から入るとばかり思っていたが、そうではなかった。ザックは贅《ぜい》をつくした宮殿の城壁に沿って馬を走らせると、狭い通路に入った。通り過ぎる馬のとんでもない速さに、敬礼をする護衛兵たちも思わずのけぞった。

宮殿の中に入っても、ザックはスピードをゆるめなかった。馬は蹄の音をとどろかせて狭い通路を駆け抜け、やがて広い中庭に土埃を舞いあがらせながらとまった。

おおぜいの使用人たちが飛び出してくると、ザックはしなやかな動きで馬から飛びおり、それからエミリーを降ろした。たちまち彼女の足首に鋭い痛みが走る。ザックは短くののしりの声をあげたあと、エミリーを腕に抱きあげてアラビア語でなにか叫んだ。数人の使用人が宮殿の中へとあわてて走っていく。エミリーは残った使用人たちのさぐるような視線にさらされて、顔が真っ赤になるのを感じた。

「運んでくれなくてもいいのに」そうつぶやくと、ザックが眉を上げた。

「ここにいる間じゅう、中庭でうずくまっていたいのか?」ザックの声はそっけない。「君はもうじゅうぶん噂《うわさ》の的になっている。これ以上話の種を与えないほうが賢明じゃないかな」

エミリーは唇を噛《か》んだ。「こんなところにいたくないわ。家に帰りたい」

「噂の中にそういう話はなかったな」両側にずらりと並んで平身低頭する使用人たちには目もくれず、ザックはエミリーをかかえて中庭を横切った。

大理石の長い回廊を進んでエミリーの部屋にたどり着くと、やわらかなクッションがたくさん置かれた絹張りの長椅子に驚くほどそっと彼女を下ろした。

「もうすぐ医者が来る」

エミリーは懸命に体を起こした。「医者?」

「念のために言っておくが、なんの考えもなしに逃げ出そうとしたから、足首を痛めたんだ。その程度の怪我ですんで、運がよかった」

もっとひどい事態を想像してエミリーは身震いし、思わず目を閉じた。「でも、ここにいるからって安全なわけじゃないわ。だいたい、どうして私が逃げ出したと思ってるの？」

「もっと慎重に計画を立てるべきだったな」ザックはそう言い返し、挑発するような表情になった。「君もピーターもあっさり帰れるわけがないことはわかっていたはずだ」

「兄は知らなかったわ。知っていたら、私をここへよこすものですか」エミリーがいきりたって言うと、ザックはからかうような笑みを浮かべた。

「だが、君はやってきた」

「ええ、兄も私もあなたがこんなふうだとは思ってもみなかったのよ。わからず屋で、無慈悲で、疑い深くて――」相手が誰かを思い出して、ごくりと唾《つば》をのむ。「あの……殿下」

「やめてくれ」ザックは冷たく瞳を光らせ、褐色の手を広げた。「宮殿の礼儀など、僕たちはとっくに踏み越えているじゃないか」

「ごめんなさい。でも、あなたが怒らせるからよ。私は地下牢《ちかろう》にほうりこまれるのね」

「塔だ地下牢だとよく思いつくな」ザックはいらだちに満ちた一瞥《いちべつ》をエミリーに投げると、窓辺へ行って中庭を見おろした。「僕に分別があったら、初めて会ったときに君を地下牢にほうりこんでいたさ」

「そんな重罪人なら、ほうりこめばいいでしょう」

緊迫した沈黙がしばらく流れた。そして二人の視線がぶつかったとき、互いの間にうずくような先ほどのキスの記憶がよみがえった。

ザックはエミリーに歩み寄り、立ちあがらせた。険しい表情のまま、大きな手で熱くほてった頰にかかるつややかな髪を払ってから、にやりとする。

「僕を挑発しないでくれ、ミス・キングストン。君は歩くだけで、自制心の塊みたいな男でさえ誘惑できる女性だ。いったい何者なんだ？」

ザックの唇が口元に近づいてきて、エミリーは胸を高鳴らせた。彼の顔つきはいかつく男らしく、肩は広くたくましい。私を襲った男たちが逃げ出したのも無理はないわ、とエミリーはぼんやり思った。今まで見たこともないほど男らしい男性だ。ローブをつかんで、もう一度彼にキスしたくてたまらない。

こみあげる欲望にショックを受け、エミリーは震える手で喉を押さえた。私は正気を失っている。この男性はカズバーンの砂漠のように情け容赦ない。彼は私の敵なのだから、もう一度キスなんてしたいわけがないでしょう。そこまで考えて、ふたたびショックを受けた。

たぶん、彼も同じことを考えたのだろう。いらだたしげな声をもらしてエミリーから遠ざかり、机の上に剣を置いた。

エミリーは目でザックの動きを追った。「武器を持っていたのね」

「これを使わずにすんだことを感謝すべきだ」ザックはエミリーに向き直った。「君に殺人の罪まで犯させたくはなかったからな」

「また罪の話？　私はなにもしていないわ。今まで罪なんて犯さず、まっすぐに生きてきた。そんなことも見抜けないほど人を見る目が曇っているなんて、お気の毒――」黒い瞳がたじろぐのを見て、エミリーは言葉を切り、体をこわばらせた。

後悔のあまり、うめき声をあげそうになった。五歳児を相手にしているときは声を荒げたことなどない。それなのに今は、相手がどう思うか考えもせずに言いたい放題言ってしまった。

ザックは口元に皮肉っぽい笑みを浮かべた。「僕の人を見る目は相当なものなんだよ、ミス・キングストン。裕福すぎる環境にいると、小さいときから判断力を養う必要があるからね」

エミリーはどきどきしながらザックを見つめた。欲望からかどうかはよくわからないけれど、私が彼から目を離せないのはお金が欲しいからじゃない。

「ほかの女性については知らないけれど、私を同じものさしで判断しないでほしいわ」

ザックの視線は冷酷だった。「だろうね。君の興味は金じゃなさそうだ」

「ええ、違うわ」ザックのからかうような口調に、エミリーは憤った。「お金は面倒を引き起こすだけよ。本当に大切なものはお金では買えないわ」突然ザックの目に炎のような輝きが宿ったので、息をのんで言葉を切る。

ザックは机に寄りかかった。目を伏せているので、表情はわからない。「君にとって本当に大切なものとはなんなんだ？」

黒い瞳に浮かんでいるなにかに、エミリーはどきりとした。「あなたが、私の大切なものに興味があるなんて信じられないわ」

「話したまえ」有無を言わせない命令だった。エミリーはごくりと唾をのみ、ザックから目をそらした。

「愛よ」小さな声で答え、エキゾチックな黒い瞳に吸い寄せられるように目を戻す。「それと家族。そういうものはお金では買えないわ。世界じゅうにあるお金を積んでもね。私は愛する男性に出会いたいの。家庭と子供が欲しいの。ずっとそう望んできたわ」

長い沈黙のあと、ザックはほほえんだ。「そうか、君は本当におとぎ話の世界に生きているんだな。愛？　無邪気な子供のような言葉だが、君が無垢《むく》とはほど遠い人間だってことは、お互い知っているじゃないか」ザックはその言葉の正しさを示すかのように、裂けた襟元からのぞいているエミリーの胸のふくらみに視線を落とした。

ザックの焼けつくようなまなざしに、エミリーは顔を真っ赤にした。足首がずきずきと痛むのもかまわずに歯をくいしばって立ちあがり、ドアへと急いだ。行くあてなどない。ただ、彼から逃げ出したかった。「あなたになにを言われようとかまわないわ。私はここにいるつもりはありません。イギリスに帰ります」

4

力強い手がエミリーの手首をつかみ、歩みをとめさせた。ザックが意味ありげなまなざしで見おろす。「すんなり逃がしてほしくはないだろう、ミス・キングストン」

その声はやさしかったが、猛獣のような危険に満ちていた。「僕には君の望んでいることがはっきりわかる。それは逃げることじゃない」

ザックは長い指をワンピースの襟元の裂け目へすべりこませた。つらくなるほどゆっくりした動きで肌を撫《な》でていき、硬くなった胸の先でとまる。うずくような感覚が全身を貫き、エミリーは声をあげた。あまりにも激しい反応に愕然《がくぜん》としていると、ザックの勝ち誇った低い笑い声が聞こえた。

「僕に引きとめてほしいんだね?」かすかにくぐもった声で言うなり、ザックはエミリーを力任せにドアに押しつけ、自分の体ではさみこんだ。「感じていないふりはやめてくれ。君がここに足を踏み入れた瞬間から、僕たちは強く惹《ひ》かれ合っていたじゃないか」

「いいえ!」抵抗の言葉もむなしかった。ふたたび欲望の炎が燃えあがり、息もできない。

ザックが欲しかった。こんなふうに思うのはいやだけれど、どうしようもない。

エミリーはザックを押しのけようとしたが、その手が彼の引きしまった胸に触れたとたん、拒絶するのも忘れて愛撫《あいぶ》していた。手は理性に逆らうようにたくましい筋肉を感じながら肩を這《は》い、腕をすべりおりた。

くらくらしながら思い出した。ザクール・アル・ファリーシは無慈悲で、冷酷で、エミリーがこの国に来て以来、親切心のかけらも示してくれてはいない。

しかし、頭は考えることを拒んだ。男らしい香りを吸いこむたびに、押しつけられるザックのがっしりとした体を感じるたびに、激しいうずきは高まっていく。

「まだ僕から逃げるふりをする気かい？」

「なにをするつもり？」

「君がお兄さんの代理として来た目的を果たすのさ」エミリーの唇のすぐそばで、ザックはじらすように言った。「差し出された貢ぎ物は堪能《たんのう》できるときに堪能しておくよ。君は市場で差し出すつもりだったようだが、カズバーンの人間はこういう親密な行為を閉じたドアの中で行うほうが好きなんだ」

「どうやら、あなたは違うおとぎ話を読んだようね。キスをしたプリンスはプリンセスを逃がすのよ。牢《ろう》に入れたりなんてしない――」

ザックの唇がいっきにエミリーの唇をふさいだ。両手を髪にもぐりこませてキスを深めると、エミリーの驚きのあえぎ声はやがて欲望のすすり泣きへと変わった。

唇をなぞるエロチックな舌の動きに応じるように、エミリーは唇を開いた。その瞬間、我を忘れ、うねる大波にのみこまれるように理性も言葉も失った。

情熱的で巧みなキスはエミリーを別世界へと導いた。初めて知る、感覚に従うだけのルールのない世界。あるのは本能だけ。

エミリーは広い肩に指を這わせながら、いつしか足首の痛みも忘れて体を弓なりにしていた。欲望が体の中で渦を巻きながら刻一刻と高まっていき、焼けつくような炎が体に広がった。

ふいにザックが離れたとき、エミリーは興奮に打ち震えながら彼に追いすがった。キスが途中で終わったことにがっかりしている自分もいやだったが、理想とはほど遠い男性を求めている自分はもっといやだった。

キスされただけで、私は彼の足元に身を投げ出したくなっている。

生々しい感情にいたたまれなくなり、目を伏せた。

私は彼を押し倒そうとしていた。彼がキスをやめないでいたら、きっとすべてを許して――。

どうしてこんなことになってしまったのかしら？　しゃべろうとしても声がでない。エミリーはぼうっとした目でザックを見あげ、巧みなキスのせいでぼんやりしている頭の中からなんとか言葉を絞り出した。「やっぱりお医者様が必要みたい」

ザックは長い回廊を歩いて、父親の居室に向かった。体を駆けめぐる欲望はあまりにも激しく、服を脱いでいちばん近くの噴水に飛びこみたいくらいだった。頭を下げる使用人たちとすれ違っても目もくれず、歯ぎしりしながら小さく独りごちた。

僕はいったいどうしたんだろう？

彼女が執務室に足を踏み入れて大きな瞳で僕の顔を見つめた瞬間から、厄介な相手だということはわかっていた。それ以来、今まで感じたこともない衝動に襲われつづけている。純粋無垢《むく》なのに情熱的な彼女の魅力を前にすると、強い自制心をなによりも誇りに思っているこの僕が我を忘れてしまう。市場でキスをかわしたとき、腕の中で震えるやわらかな体と燃えるような熱さ以外は頭になかった。もし人が近づいてこなければ、あの場ですぐに彼女を奪っていただろう。子供のころから親しんできた愛する町の埃《ほこり》っぽい通りで、君は僕のものだとささやきながら。

もし誰かに見られていたら――。

ザックが国王の部屋に着くと、護衛兵たちは神経質そうな視線を怒りにゆがむ彼の顔にちらちら向けながら後ろに下がった。

僕は単に欲望に駆られているだけだ。ザックは父親の居室に入りながら、そう自分を納得させた。

青い瞳を見開き、傷ついたような汚れのない雰囲気を漂わせていても、エミリー・キングストンはか弱い乙女などではない。

市場で叫び声を封じるために口を押さえたとき、彼女は誘うように僕の指を舌でくすぐったし、欲望のままに突き進んでほしいとまなざしで訴えかけた。

じゃあ、なぜ僕は差し出されたものを受け取ろうとしなかったのだろう?

そんなことをしても事態は変わらないからだ。

やはり彼女の兄を捕らえて、責任をとらせなければ。ビジネスのことなら、まだまだ判断能力に狂いはない。エミリー・キングストンに対する感情がいかに激しくとも、それは欲望以外のなにものでもない。今も、これからも。

ザックは都合よく状況を整理すると、護衛兵を追い払って父親と重要な問題を話し合う心の準備をした。

「足首を動かさないでくださいね、ミス・キングストン」

「足首を?」エミリーはぼんやりと年配の医師を見つめた。絹張りの長椅子に座っていたが、足首のことなど頭にはなかった。ただただザックのとんでもない言いがかりに憤慨していた。

図々《ずうずう》しくも彼は、私が初めから彼をそそのかすつもりだったとほのめかした。ここから帰さないと言い張ったのは彼のほうじゃないの！　ちゃんと逃げ出せていれば、今ごろイギリス行きの飛行機に乗っていたわ。

エミリーは苦しげな声を低くもらして目を閉じた。

しかし目を閉じても、ザックの唇の感触を忘れることはできなかった。神経という神経がうずうずしていて、全身がなんとなく熱い。

「ミス・キングストン？」医師は眉根を寄せてエミリーを呼んだ。「脈拍がひどく速いし、顔が赤いですが、大丈夫ですか？」

いいえ、気分は最悪よ。ザクール・アル・ファリーシ、今度現れるときは、剣を持ってくるといいわ。私の怒りから身を守る必要があるから！

彼はエミリーにやさしさのかけらも見せず、兄を犯罪者扱いした。そのうえエミリーを、彼のベッドへ行きたくてたまらない男たらしみたいに考えているらしい。

ほかの女性なら喜んで彼の特大のうぬぼれにつき合うかもしれないけれど、もうじゅうぶんうぬぼれている彼をこれ以上うぬぼれさせるつもりなんて、私にはさらさらないわ！

医師はますます当惑した顔をして、エミリーの額に手をあてた。「ずいぶん気が高ぶっているようですね、ミス・キングストン。倒れたとき、頭を打ちませんでしたか？」

「大丈夫よ」

硬い声で答えるエミリーを、医師はいぶかしげな目で見た。「さしあたっては、あまり歩かれませんように。でないと、また出血しますよ」ためらいがちにほほえみかけて、錠剤の入った小さな瓶を彼女に手渡す。「鎮痛剤を渡しておきましょう。少し眠るといいですよ」

眠る？

眠ったりなんてするものですか！　目を閉じるたびに、私を破滅へと駆り立てる野性的な黒い瞳の持ち主がまざまざと脳裏によみがえるのだから。

医師が部屋を出ていくと、エミリーは安堵《あんど》のため息をついた。やっと一人になれた。足を引きずりながら書き物机まで行き、受話器を取りあげた。すぐにでも兄と連絡をとりたかった。兄にここへ来てほしいと頼めたとしても、なんとかしてこの宮殿を出なければ。

「機動隊にヘリコプターで迎えに来てくれと頼んでいるのかい、ミス・キングストン？」

戸口からザックのなめらかな声がして、エミリーは思わず受話器を戻した。顎を上げてザックに向き直ったとたん、振り向かなければよかったと思った。一人でいるときは簡単に彼に腹をたてていられたが、本人が目の前にいると頭の中はただ――。

「兄に電話していたの」エミリーは硬い声で言った。「兄が来るまで私を帰してくれないなら、来てもらうのが早ければ早いほどいいでしょう。これ以上一秒たりともあなたといたくはないから」

ザックはエミリーが冷たく言い放った言葉に動揺したふうもなく、後ろ手にドアを閉めると、ゆっくりと部屋に入ってきた。

「かまわないさ」彼は促すように片手を上げた。黒い瞳はおもしろがるようにきらめいている。

「ゆっくり電話したまえ。僕もお兄さんの気持ちを知りたいんでね。ここへ来て君を助け出すつもりがないなら、僕も君の今後について考えなければならない」

エミリーは胸がどきどきした。「私の今後？」

ザックは平然と肩をすくめた。「もしこのまま宮殿にいるなら、君となにをするか考えなければならないだろう」

「あなたのほのめかしていることが、私の想像どおりなら――」

「なにを想像したんだい？」

ザックに見据えられて体が熱くなり、エミリーは拳《こぶし》を作った。「それは、あなたが私を……あなたのハーレムに加えるとか……」

「僕のハーレム？」一瞬、ザックの瞳がおもしろがるように光った。けれどその輝きはすぐに消え、彼はエミリーを圧倒するようにじっと見つめた。

恥ずかしさのあまり卒倒しそうになり、エミリーはぎゅっと目をつぶった。「実際にハーレムはないとしても、あなたの気まぐれを満足させたい女性はおおぜいいるでしょう。言っておきますけど、私はそんな女じゃありませんから」

否定しながらも、エミリーの視線はザックのきりっと締まった完璧《かんぺき》な唇に釘《くぎ》づけだった。熱い口づけの記憶で頭がいっぱいになる。

「ハーレムの人選に関しては、僕はとても寛大なんだ。安心しただろう？」

エミリーはどきどきしながら咳払《せきばら》いをすると、彼の顔に平手打ちをするのよと自分に言い聞かせた。しかし手足に力が入らず、全身が今まで感じたことのない欲求に震える。

「あなたのハーレムなんてどうでもいいわ。今すぐ兄に電話するから」

ザックはほほえんだ。「どうぞ連絡してくれ。ピーターが家にいないことは君も僕も承知のうえだが、芝居をもう少し続けようじゃないか。君の純情なふりを見るのが楽しくなってきたよ。実にうまい」

彼は本気で私を男たらしだと思っているんだわ。

喜ぶべきかぞっとするべきかわからなかったが、なにかとんでもないまねをしでかす前に今すぐ家に帰るべきだということはわかった。

エミリーは震える手を受話器に伸ばした。兄さんがカズバーンへ来るまではイギリスに帰れないと言ったら、どんな反応が返ってくるだろう？　ここへ来てくれるかしら？

カズバーンへ行けないと言ったときの兄の堅い口ぶりを思い出し、急に不安を覚えた。

受話器に手を置いたままためらっていると、ザックがからかうように眉を上げた。「どうしたんだい？　僕がいると、お兄さんに電話しにくいかい？　次の手を相談するわけにもいかないからな」

エミリーはかっとなって受話器を手にした。絶対兄さんは出てくれるわ。そしてザクール・アル・ファリーシにたっぷり謝らせてやる。彼女は怒りに任せて自宅の番号を押した。

しかし握りしめた受話器を耳に押しあてたとき、心臓は早鐘を打ち、手が震えはじめた。兄さんが来られないと言ったらどうしよう？

心のどこかでは、兄はカズバーンへ来られないということはわかりすぎるほどわかっていた。だからこそ、エミリーが代わりにやってきたのだ。

受話器の向こうで呼び出し音が鳴りつづける。ザックの視線を感じながら、エミリーはじっと待った。

兄はまだオフィスにいるに違いないと思い、会社にも電話をかけた。今度は秘書が電話に出たが、話しているうちにエミリーの顔色が変わった。

「どうしてかしら」不安と恐怖がさざなみのように全身に広がっていく。エミリーは狐《きつね》につままれたような気分で受話器を置くと、顔をこすった。「秘書の話では、兄は連絡先も告げずに三週間休みをとっているらしいの」

なぜ兄さんは私になにも言わずに三週間も休みをとったのかしら？　私が無事にカズバ

ーンから帰ってきたのを確かめてからでもいいのに。

「なんとも都合のいい話だ。富と権力を手にしていると、疑うことが習性になってしまってね。君も覚えておくといい、ミス・キングストン。僕は誰の言葉も額面どおりには受け取らない。だから決して誰にもだまされたりしないんだ」ザックは冷ややかな笑みを浮かべた。

「どういう意味？」挑むように目を光らせて振り向いた。「兄が責任もとらずに逃げ出したと思っているのなら、大間違いよ。兄は決して逃げたりする人じゃないわ。きっと少し休みたかっただけよ」

しかし、その言葉は我ながら空々しく聞こえた。仕事でトラブルをかかえているときに、休暇をとったりするものだろうか？　なにか腑《ふ》に落ちない。

エミリーは不安そうに唇を噛《か》み、疲れた頭を働かせて、起こりうるあらゆる不幸を考えた。

パローマ義姉《ねえ》さんの身になにかあったのかしら？

それとも、兄さんの身に？

でもそれなら、誰かが知らせてくるでしょう？　だって、兄さんは私の居場所を知っているのだから。

急にエミリーは途方に暮れ、どうすればいいのかわからなくなった。

世界でただ一人の肉親の兄が困っているなら、助けなければならない。家に帰らなくちゃ。

心配のあまり涙がこぼれそうになり、エミリーはザックに目をやった。反抗する気力もうせていた。「こんなことになったのも、兄があなたに借りているお金のせいなんでしょう?」

「僕がききたいね、ミス・キングストン」

「話せるものなら話したいわ。でも私は兄がどこにいるのか知らないし、なにが起こっているのかもわからないの」エミリーは声をつまらせたが、ザックの前で取り乱したくなくてなんとか涙をこらえた。「だから家に帰って、状況を把握したいの。私を帰して!」

「帰すわけにはいかない。そのうちお兄さんも、計略が失敗に終わり、君がまだカズバーンにとどまっていることを知るだろう。君と入れ替わるためにここへ来る勇気があるかどうかはわからないがね」

「計略なんてないのに」悔し涙をこらえながら、エミリーは信じられないというように頭を振った。「なんて疑い深い人なの」

「僕が疑い深いのは理由があるからだ」ザックは背中に隠していたカーテンのひもを見せた。エミリーの顔が赤くなった。

「宮殿から脱出するには、それしか方法がなかったのよ」

ザックが眉を上げて、エミリーに近づいた。「ドアから逃げようとは思わなかったのかい?」

「ドアから逃がすつもりなんてなかったくせに」

「どこからも逃がすつもりはないね」セクシーな漆黒の瞳がいたずらっぽく光った。「見つからずに宮殿を抜け出すことは不可能だ。もう一度逃げ出しても、また連れ戻すだけさ。だから現実を受け入れたほうがいい。ピーターが来るまで君は帰れないんだよ。せいぜい彼が間違いに気づいて、過ちの責任をとってくれるよう祈るんだな」

そう言うなり、ザックはカーテンのひもをエミリーの膝の上に落とし、部屋を出ていった。彼女はその後ろ姿を目で追いながら、どうするすべもない心細さを感じていた。

エミリーはくるぶしが痛むのもかまわず、足を引きずりながら広いベッドルームの中を歩きまわった。

部屋には美しい装飾が施されていた。ほかのときなら、その重厚な雰囲気に感嘆の声をあげていただろう。しかし今彼女の頭を占めているのは、兄とここから自分を帰そうとしないザクール・アル・ファリーシのことだけだった。

なぜ彼はこんなひどいまねができるのかしら?

この時期に兄さんが休暇をとるはずはない。なにか重大なことが起こったのだ。カズバーンに足どめされていなければ、私が助けてあげられるかもしれない。

なんとかしなければ。でも、どうすればいいの？

あれこれ考えていたとき、小さな子供の叫び声が聞こえた。エミリーはびくっとして、ベッドを整えてくれているメイドをちらっと見た。「アイシャ、あの叫び声は誰なの？」

メイドはあいまいな笑みを浮かべた。「ジャマール様です。殿下の甥《おい》にあたられる方ですわ。まだ五歳で、とても神経質なんです。ときどき怖い夢をごらんになるみたいで、子守りたちも手こずっているのです」

叫び声はますます甲高くなり、エミリーは体をこわばらせた。まさか誰も子供をあやしていないわけじゃないでしょう？「子守りがてこずっているなら、ご両親はどうしたの？」

「お母様はただ今外国にいらっしゃるんです。ご旅行がお好きなので」

「そう」エミリーは、自分には関係ないことだと言い聞かせた。そうでなくとも、もう手に負えないほどの難題をかかえているのだ。

子供はいっそうけたたましく泣き叫んだ。エミリーはぐっと顎を引き、これ以上我慢できないと思った。市場を裸で歩くことはできないように、あんなに泣き叫んでいる子供をこのままほうっておくわけにはいかない。

「いいわ」エミリーは憤りに満ちた目でアイシャを見ると、足を引きずりながらドアへ向かった。「母親がいないときには、誰があの子のそばにいてやるの?」

「ジャマール様には子守りがついています」ドアを開けたエミリーに、アイシャがかすかに眉をひそめて言った。「ミス・キングストン、ジャマール様のところへ行ってはいけません。面倒を見る人はちゃんといますから――」

「あら、そうは思えないわ。誰もあの子をあやさないのなら、私が行くわ」

エミリーは廊下に出ると、泣き声のする方へと歩いていった。めざす部屋のドアを開けると、小さな子供が巨大なベッドの真ん中にいるのが目に飛びこんできた。部屋を見まわしたエミリーは、子供が怖い夢を見るのも当然だと思った。部屋は居心地がよさそうには見えなかった。

しゃくりあげながら泣き叫ぶ子供に向かって、年端もいかない女の子が真っ赤になってどなりちらしている。

エミリーは信じられないというように少女を見た。「大声を出すのはやめなさい」これ以上興奮させないために穏やかに諭す。「大声で叱《しか》るのはかえってよくないわ」怒りを隠し、エミリーは身ぶりで少女に下がるよう命じた。「混乱している子供に大声をあげてはだめよ」

少女はふくれっ面をした。「でも、この子ったら全然言うことを聞かないんです」

「まだ五歳の子供だもの、素直に言うことを聞くほうが心配だわ」

子供はいっそう激しく泣き叫び、ベッドの上で手足をばたつかせた。

「おびえているのよ。抱きしめてあげるといいわ」エミリーはそう言って靴を脱ぎ、ベッドによじのぼった。そうしないと子供に手が届かなかったのだ。途方もなく大きなベッドだった。

子供が腕を振りまわして足で蹴《け》ろうとしたが、かまわず膝の上に抱き寄せる。そしてきつく抱きしめながら、やさしく語りかけた。エミリーがあきらめて別のことをしてみようかと思ったそのとき、疲れ果てたジャマールはしゃくりあげながらもたれかかってきた。

エミリーはほっと吐息をもらした。「あらあら、きっととても怖い夢だったのね」つぶやきながら、子供の顔にかかった髪をそっと払う。顔は真っ赤で涙に濡《ぬ》れていて、なんとも痛ましい姿だった。「怖い夢のこと、お話ししてくれる?」

「虎《とら》がいて……」幼い男の子はしゃくりあげた。「たくさんいて」息をのみ、さらにエミリーに体をすり寄せた。「追っかけてきたんだ。僕を食べようとした。あのお話みたいに」

子供の体がぶるぶる震えるのを感じて、エミリーは手に力をこめた。「なんのお話みたいだったの?」

「ヤシミーナが読んでくれたお話だよ」

「そうだったの」エミリーはきまり悪そうにしている少女をちらっと見やり、部屋を見まわした。「ほら、ここに虎はいないわ。でも、とても暗いわね。お部屋を明るくすれば、暗い影はなくなるわ」

「ママが、明かりをつけたまま眠るのは赤ちゃんのすることだって言ったよ」

「私も明かりをつけたまま眠るのよ。私が赤ちゃんみたいに見える?」

ジャマールは目を見開いてエミリーを見つめ、首を横に振った。「ううん、プリンセスみたい」

「プリンセスは好き?」ジャマールがうなずく。エミリーはほほえんだ。「こうしましょう。ここにいるヤシミーナに明かりをつけてもらって、別のお話を聞かない? 私が大好きなお話をしてあげるわ」

「虎のお話?」

「違うわ、プリンセスのお話よ」

「いいよ」ジャマールは親指を口にくわえ、待ちきれないようにエミリーを見あげた。

ヤシミーナが反抗的に顎を上げた。「殿下は私に、子供から離れるなとおっしゃいました」

「それはたぶん、あなたが大声で叱るのを聞いたことがないからよ。あなたはこの子を見なくていいわ。私が責任を持つから」エミリーは冷たく言い放ち、膝の上の幼い子供へと視線を移した。

寝る前に子供をひどくおびえさせるような物語をする子守りに、私がこの子の世話を任せておくと思ったら大間違いよ。命令に逆らった私を地下牢にほうりこみたいなら、遠慮なくそうすればいい。

「行ってしまう前に、明かりをつけてミルクを持って来てくれるとありがたいわ」

ヤシミーナがあとずさりで部屋を出ていくと、エミリーは子供に向き直った。

「いいこと、ジャマール、お話を始めるわよ」

5

ザックは部屋の戸口に立ち、ベッドに横たわる二つの人影を見つめた。二人はザックに気づきもせず、完全に物語に没頭していた。一人が語り、一人が耳を傾けている。

「プリンスが言いました。〝助けてください、助けてください〟」エミリーは静かに語った。「そこでプリンセスはお城の壁をよじのぼり、門番から盗んでおいた鍵《かぎ》をプリンスに渡しました」

物語に夢中のジャマールが、さらに身をすり寄せた。「プリンセスは剣を持っていたの？」

「プリンセスは乱暴なことが大嫌いだったの」エミリーはブルーの瞳をきらめかせながら笑った。「プリンセスはね、水鉄砲を使ったのよ」

水鉄砲？　ザックは幼い甥《おい》とその子を抱きしめる女性をじっと見つめながら、一緒に笑いだしそうになるのをこらえた。

今日は、もっと早くジャマールの子守りの問題を解決するつもりだった。しかし市場へ行ったので、あとまわしになったのだ。そして甥が泣き叫んでいるという知らせを受けたとき、心の中で一晩じゅうぐずられるかもしれないと覚悟した。

ところが、甥はエミリー・キングストンの腕に抱かれ、機嫌よくにこにこしている。ザックの胸に驚きがじわじわと広がった。まさかこんな光景を目にしようとは思ってもいなかった。

幸い、エミリーはザックの視線に気づかず、子供と一緒にベッドの上ですっかりくつろいでいた。無意識のうちにザックの目は、やわらかそうな胸やまるみをおびた腰をなぞっていた。とたんに、説明のつかない欲望の大波が押し寄せてくる。エミリーは髪を下ろしていたが、先ほどと同じワンピースのままだった。裂けた襟元はなんとかちゃんとしている。

ハーレムについてのエミリーの言葉を思い出し、興奮を抑えられなくなる。もし僕がハーレムを持っていたら、今ごろ彼女はベッドに横たわって僕が来るのを待っていたことだろう。そして僕はめくるめく時間を過ごす心の準備をしていただろう。

ジャマールがあくびをした。「このお話は大好きだけど、やっぱり救い出すのはプリンスだと思うな。叔父さんもプリンスだけど、助けてくれる人なんていないよ」そうつぶやいて、ジャマールはまぶたを閉じた。エミリーは毛布をかけられるよう少し体をずらした。

そしてそのまま隣に横たわり、ジャマールの髪を撫《な》でながら寝入るのをじっと待った。

辛抱強くやさしく子供を扱うエミリーを見て、ザックは眉をひそめた。ジャマールはとても扱いにくい子供だ。エミリーがあっさりと甥をなだめ、あっという間に仲よくなったとは驚きだ。

エミリーはジャマールが寝入ったのを見届けると、体をくねらせるようにしてそっと子供のそばを離れ、ベッドから下りた。

ザックはエミリーが素足なのに気づいた。足首の包帯だけが、市場からの間一髪の脱出を思い出させる。彼は足音もたてず絨毯《じゅうたん》を歩いて、エミリーに近づいた。「水鉄砲だって？」

エミリーはあっと驚き、手で口を押さえた。「もう、驚かせないで！　ジャマールが目を覚ますじゃないの。やっと寝かしつけたのよ」

「知っているよ」ハイヒールを脱いだエミリーは、ザックの肩にやっと届くくらいの背丈しかなかった。それに、ひどく幼く見えた。歯ぎしりしながら、彼女が何者かを自分に言い聞かせる。彼女はピーターの犯罪に加担しているのだ。そのうえ情熱的で、奔放にふるまうことをなんとも思っていない。若く見えても、純粋無垢《むく》なわけがない。「甥はまた怖い夢を見たのだろう」

「また？　前にもこんなことがあったの？」

彼は幼い甥を見おろした。「いつもこうなんだ」

「まずあの子守りを辞めさせるべきよ。とんでもない子守りだわ。小さい男の子を食べる虎《とら》の話をするなんて」子守りの人選ミスの責任がザックにあるかのように、エミリーは彼をにらみつけた。「どんなに間違ったことかわかる？　ジャマールが泣くと、大声で叱《しか》りつけるのよ。あの子が暗がりを怖がるのも無理ないわ。彼女は非常識よ。子守りになってどれくらいなの？」

痛いところを突かれた。「一カ月くらいだ」

「一カ月ですって？」エミリーは驚愕《きようがく》した。「じゃあ、彼女の前の人はどれくらい続いたの？」

「二週間だ」エミリーの目が笑っているのに気づいて、ザックは歯ぎしりした。「おかしくなどないぞ」

エミリーは口を引きしめると、片方の頬にえくぼができた。「そんなことないわ。五歳の子供が宮殿を引っかきまわしているのよ。おもしろいわ」

「ジャマールは扱いにくい子なのさ」

「ええ、そうね。ちょくちょく子守りが替わってたら、私だって扱いにくい子供だったに違いないわ」

ザックは目を細めた。「どういう意味だ？」

「子供には安定した環境が必要なの。でもジャマールにはそれが与えられていないから、不安でたまらないのよ。悪夢にうなされるのも無理ないわ」

「ジャマールにはちゃんとした環境を与えている。宮殿には家族もいるし、護衛兵もおおぜいいる。甥が不安がることはない」

「子供には絆《きずな》を感じられる特別な人が必要なの。彼は自分で空想したものにおびえているのよ」エミリーは静かに言った。「私があっという間に仲よくなれたのは、ジャマールくらいの年の子供を扱い慣れているからなの。それが仕事だから」

エミリー・キングストンを外見で判断してはいけないのかもしれない。ザックはそう気づくと同時に、彼女の目に非難の色を読み取って緊張した。「甥の母親が子守りを選んでいるんだが――」

「その母親が子供をほったらかしにしてるのね？」口がすべり、顔を赤らめる。「ご、ごめんなさい。私には関係のないことだったわね」

ザックは長い間黙っていた。しかし、非難されて当然の人間をかばうことはできなかった。「いや、君の言うとおりだ。義姉《あね》は親としての責任をじゅうぶん果たしていない。僕もそのことにきちんと対応してこなかったし」

義姉に口出ししないのには、わけがあるのだが。

見ず知らずの相手に身内の厄介な問題を打ち明けたくなったことを不思議に思いながら、ザックはうなじをさすった。エミリーは不思議そうな顔をした。「ジャマールの父親でもないのに、なぜあなたがなんとかしなければならないの？　あなたのお兄さんの責任でしょう」

「兄は死んだんだ」

「お気の毒に」エミリーは小さな声で言った。「悲しい話ね。かわいそうなジャマール。そしてあなたもかわいそう。お兄様を亡くしたんだもの」

僕がかわいそう？

早すぎる兄の死後、ザックにそのような言葉をかける人間は一人としていなかった。今まで絶対に認めてこなかった感情がふいにわきあがってきて、ザックは身を硬くした。

兄ラシードの死についてなにも知らないエミリーに、事情を詳しく打ち明けるつもりはない。「話すほどのことじゃない」はねつけるように言ったが、澄んだ青い瞳で見つめられ、ザックは落ち着かなかった。

プリンスの僕の前では、人々は頭を下げ、視線をそらすものだ。それを忘れているか、拒んでいるのかは知らないが、エミリー・キングストンの行動はいらだたしくもあるけれど新鮮でもある。

「もし君がそれほど子供を扱い慣れているなら、甥をどう扱ったらいいか教えてくれないか？」

ザックは幼い甥に責任を感じていた。義姉が自分勝手で心の冷たい軽薄な女だとわかっている以上、ほうってはおけない。甥が悪夢におびえていると思うと、心が痛んだ。子守りを厳しく処分することに決め、ザックは期待に満ちた目をエミリーに向けた。

「そうね、私ならまずジャマールを違う部屋に移すわ。ここは怖い夢を見る子供にふさわしくないもの。部屋のせいでおびえていると言ってもいいくらいだわ。部屋が広すぎるのね。暗くて恐ろしい隅っこがいっぱいあるでしょう。ジャマールは、壁に動物の絵が描《か》かれているようなにぎやかで楽しい部屋に置いてあげるべきよ。そして夜は、影ができないくらい部屋を明るく照らしてあげるの」

ザックは部屋を見まわした。子供の視線で部屋を見たのは初めてだった。「ここは母親が選んだんだ」

「カズバーンでは、部屋の大きさが人の地位を表すのね」

実に観察眼の鋭い女性だ。たしかに義姉は子供の好みより、大きさで部屋を選んだ。義姉のダニエーレはすべてを地位で判断する。部屋を選ぶときも、子供にとって心地よいかどうかなど気にもしなかっただろう。

ザックはすぐさま決心した。「明日の朝一番にジャマールを移そう。君が部屋を選んでくれ」

エミリーは息をのんで彼を見つめた。「私が?」

「いいじゃないか。君は子供の専門家だというし、ジャマールは明らかに君が好きみたいだから」

「でも……」エミリーはベッドでぐっすり眠っている子供を振り返った。「いいわ。ついでに、きちんとした子守りも雇ってください。悪夢にうなされるようなお話をしたりしない人を」

考えこみながらエミリーを見つめているうちに、ザックはあることを思いついた。「君は子供に必要なものがよくわかっているから、子守りの代理もできるだろう」これで、こしばらくずっと頭を悩ませていた問題が片づく。エミリーは問題のある女性だが、甥を上手にあやしていたことは否定できない。

「私が？　子守りなんてできないわ。兄が来れば、すぐに帰るんだから」

「だが僕たちは二人とも、彼は来ないと思っているじゃないか、ミス・キングストン？　それともジャマールの面倒を見ていると、次に逃げ出すときにじゃまになると心配なのかな？　明日はどうするんだ？　夜明けに水鉄砲を使うのかい？」ザックはそばに近寄りながら、エミリーの唇が開き、呼吸が速まるのをじっと見つめた。

エミリーはザックをにらみつけた。だがその態度とは裏腹に頬は赤く染まり、目は彼の唇に注がれている。彼女はあのキスを思い出しているのだ。そして僕も同じ光景を思い出している。

ザックの全身が欲望に激しくうずきだした。今まさにエミリーを抱き寄せ、衝動に身を任せようとしたとき、ジャマールがいることを思い出した。

満たされぬ思いに、彼は奥歯を噛《か》みしめた。

彼女と一緒にいると、いつもじゃまが入るのは運命なのだろうか？

ザックはエミリーのなめらかな頬を、やわらかそうな唇を見つめた。頭では彼女が見かけとは違うことや倫理観に欠けていることがわかっていても、体はできる限り親密な触れ合いを求めているのが腹立たしい。

しかし、それは過去にいろいろなことがあったにもかかわらず、まだ情熱を持つことができるという証《あかし》でもあった。たとえ単にセックスに飢えているのにすぎなくても。

エミリーがためらいがちにザックの目をちらりと見た瞬間、互いの視線がからまった。またしても二人の間になじみのある電流のような熱い衝撃が流れ、彼は生々しい欲望が渦巻くのを感じた。

甥がぐっすり眠っていることを確かめてから、エミリーを引き寄せ、力任せに唇を奪った。彼女は反射的にやわらかな唇を開いてザックの首に腕をまわし、ぴったりと寄り添った。

ザックの下唇に歯を立て、舌で誘うようになぞる。ずきずきとうずく欲望に突き動かされるように、ザックはエミリーの顔を包みこむといっそうキスを深めた。服の上からでも彼女が震え、高ぶっているのがわかる。誘惑という名の拷問を受けているようで、ザックはますます興奮した。

そのときベッドで音がして、ザックははっと我にかえり、頭を上げた。物事の後先も考えず、僕はこの女性を奪おうとしたのだ。その衝動の激しさに、彼はあらためて唖然《あぜん》とした。

そしてありったけの意思の力を振り絞り、彼女からすばやく離れてあとずさった。

血気盛んな十代のころのような衝動と闘いながら、ザックは振り向きもせずに大股に部屋を出ていった。ピーター・キングストンがカズバーン王国に取り引きを持ちかけてきたことを呪《のろ》いながら。

受話器を置いたエミリーの手は震えていた。

家に電話をかけても呼び出し音がむなしく鳴るばかりで、いまだに兄が誰にも行き先を告げずに姿を消した理由はわからない。あまりにもいつもとは違う行動に、突然兄のことがわからなくなった。

不安に駆られたまま、ぼんやりと窓の外を眺めていると、急に中庭が騒がしくなったのに気づいた。

ザックの黒毛の馬が使用人たちを蹴散《けち》らしながら、中庭で暴れまわっている。馬は極度に興奮し怒り狂っているようで、歯をむき出しにしては近づく人間を一人残らず蹴り飛ばした。

エミリーは目を奪われ、その場に釘《くぎ》づけになった。そのとき、小さな人影が庭の隅にいるのが視界に飛びこんできた。人影は手を差し出し、荒れ狂う馬の方へと進んでいる。

ジャマールだ。

「まあ、大変」不吉な予感に襲われ、エミリーは着替えを手伝うために来ていた少女に向かって叫んだ。「どっち？　どう行けば中庭に出られるの？」

少女は心配そうにエミリーをちらりと見ると、すぐさまドアに駆け寄って階段を指し示した。「この階段の下のドアから出られます」

その説明を聞くと同時に、エミリーは飛び出した。もはや一刻の猶予も許されない。子供の命が危ないのだ。

使用人たちは馬に近よろうともしない。ジャマールをとめようとする者は誰一人いなかった。

サハラの悪い癖がまた始まったな。

執務室の窓から中庭を見おろしたザックは、腹立たしくも興味深く一部始終を見守っていた。お気に入りの雄馬は猛々《たけだけ》しい目をして後ろ足で立ちあがり、捕らえようとする厩《きゅう》舎係《しゃがかり》を蹴散らしている。

おそらく、誰かが厩舎の扉に鍵をかけるのを忘れたのだろう。厩舎係があの馬くらい頭がよければ、もっとうまく扱えるのだがと、ザックはうんざりした。

そろそろサハラを、心ゆくまで走ることができる牧場に戻してやるべきだろう。しかし、誰かを傷つける前に中庭へ行ったほうがよさそうだ。ザックは留守の間に山のようにたまった書類を片づける手をとめ、しなやかに立ちあがった。その瞬間馬に向かって歩いていく幼い甥の姿が目に入り、麻痺《まひ》したように体をこわばらせた。

その場に凍りついたまま、使用人の誰かが甥をとめるのを待った。しかし使用人たちは自分たちの身の安全のほうが大事なのか、不安そうな顔でささやき合うばかりで誰も助けようとしない。

ザックは、体の中で鉛のような恐怖のかたまりがふくれあがるのを感じた。とんでもないことになった。目の前で身の毛もよだつ事故を見るはめになるなんて。今さらどんなに急いで駆けつけようと、もう間に合わない。

そのとき、長い金髪をなびかせて子供に駆け寄っていく女性の姿が目に入った。エミリーはなんのためらいもなくさっと手を差し伸べて、近づいてくる馬の鼻先からジャマールを抱きあげると、安全なところでうろうろしている使用人に差し出した。

ザックはゆっくり息を吐き出し、初めて自分が息をとめていたことに気づいた。目の前の危険が去り、動悸《どうき》も徐々におさまると、エミリーが安全なところに引きさがるまで見守ることにした。ところが彼女はジャマールをあずけた使用人になにか話しかけて安全なところへ行かせると、馬の方へ取って返した。その意図は明らかだった。

ザックは小さく悪態をついた。ほっとするどころか、事態はますます悪化している。今やエネルギーを持てあましたサハラは歯をむき出しにしていらだち、危険きわまりなかった。

彼女が殺されてしまう。

ザックは息をのみ、緊張のあまり肩をこわばらせて、エミリーが馬に近づいていくのを見つめた。彼女には危険だということがわからないのか?

僕以外にサハラを扱える者はいないのに。

じっとしてはいられなかった。ザックは身をひるがえし、記録的な速さで中庭に駆けつけたが、エミリーを引きとめることはできなかった。大声で呼びとめれば、馬を驚かせてしまう。

ザックは恐怖に凍りついた。怒り狂ったサハラは、このほっそりした女性をやすやすと死に至らしめてしまうだろう。

僕は彼女が好きなわけではないが、良心にかけても死なせるわけにはいかない。

吐き気を感じながら、ザックはののしりの言葉を吐くと、いちばん近くにいた護衛兵から銃をむしり取った。自分の手で育ててきたサハラを撃ちたくはない。だがいざというときは――。

　エミリーは厩舎係の興奮と恐怖に満ちた叫び声にもかまわず、まるで友達にでも話しかけるように馬に声をかけながらゆっくりと進んでいった。

　馬は見知らぬ人間を怪しんでか、緊張している。しかしまわりが下手に動いては、かえってエミリーを危険にさらしてしまう。そう判断したザックはその場を動かず、エミリーが静かに馬に語りかけるのを見守った。

「たいした暴れん坊ね」エミリーはくだけた口調で話しかけた。「あんなにみんなを驚かせて。友達が欲しいなら、仲よく遊ばなきゃだめよ」

　ザックは銃を握る手に力をこめた。そしてサハラがエミリーの息の根をとめようと、野性の本能をむき出しにする瞬間に備えて身構えた。ところが馬はうんざりしたように鼻を鳴らしたかと思うと、鼻先で彼女をつついた。

　エミリーはにっこりして、馬に好きなようににおいをかがせている。「餌《えさ》はあげないわよ。とっても悪い子だったから」しっかりと諭して、サハラの首をやさしく撫でた。

　サハラがまた鼻を鳴らした。ザックはほっと息をつくと同時に、エミリーがまだ生きていることに呆然《ぼうぜん》とした。驚きに目をみはる彼の前で、エミリーは馬を撫でつづけた。サハラのたくましい首をさする手つきは、ひどく官能的だった。

　サハラが首をねじり、エミリーの手にそっと息を吹きかける。ザックは信じられない思いで首を振った。彼女は魔術師かなにかだろうか？　サハラでさえ、彼女の魅力の虜《とりこ》になってしまったのか。

ザックは皮肉っぽく笑った。彼女は僕を誘惑するだけでは足りずに、僕の馬まで誘惑している。

しかも、うまく手なずけてしまった。

サハラはすっかりリラックスしておとなしくなり、されるがままに撫でられている。

「いつかあなたに乗せてもらうわね」エミリーがそうつぶやいたとき、ザックは先ほどまでの安堵感《あんどかん》も忘れ、怒りがわくのを感じた。

「とんでもない」ザックは銃を護衛兵の手に突き返すと、エミリーと馬の方に行った。怒りのあまり首を振りながら言う。「今度は救急車で宮殿を抜け出すつもりか？　それとも馬から甥を救ったのは、解放してもらうための作戦なのかい？」

「作戦？　私がジャマールを助けられるように、馬の前に突き飛ばしたと思ってるの？　勘繰るのはやめて、人間らしく考えてちょうだい。私が子供を危険な目にあわせるわけないわ」

「もし個人的に得るものがないなら、血のつながりもない子供のために、どうして自分の命を危険にさらしたりするんだ？」

エミリーは一瞬言葉を失い、ぽかんとザックを見つめた。「だって危ないとわかっていて、ほうっておけないでしょう」

「僕が恩を感じるかどうかは関係ないんだな」

「恩を感じる必要なんてないわ。あなたのためにジャマールを助けたわけじゃないから」

エミリーの憤りの激しさに、ザックは久しぶりに心がぐらつくのを感じた。

その言葉を信じるなら、彼女はなんの見返りも求めずに命がけでジャマールを助けたことになる。そんなやさしい心を持つ女性など、めったにいるものではない。人々から財産を奪っておきながら、平然とそ知らぬ顔ができるエミリー・キングストンのような女に、そんな美徳が備わっているはずはない。

「君とピーターは泥棒というだけじゃないんだな。うわべだけの立派な行いを見て僕が少しでも感動していたら、謝っていたところだよ」彼女が甥を馬の前に突き飛ばしたとは思わないが、ザックに恩を売ることぐらいは考えただろう。

「一つだけ言わせてもらうわ」エミリーが両手を腰にあてた。「遅かれ早かれ、兄は借金を返すわ。そうすれば、あなたは自分が誤解していたことを認めざるをえなくなる。正直、あなたが謝罪してくれる日が待ち遠しいわ」

何ごとにおいても、ザックは人から反論されたことなどなかった。とりわけ今回の件に関しては、はっきりした証拠がいくつもあがっている。彼はこみあげる怒りを感じながらため息をついた。

甥を助けようとしなかった臆病《おくびょう》な使用人たちの処分はあとで考えることにして、日に焼けた手を傲慢《ごうまん》に振って彼らを下がらせた。

今この瞬間、ザックの頭にはエミリー・キングストンのことしかなかった。サハラを厩舎に入れ、しっかりと閂《かんぬき》を閉めおわると、彼女の芝居につき合うのはもうこれまでだと思った。

エミリーの細い手首を、有無を言わさぬ力でつかむ。「一緒に来てくれ。なにもかも終わりにしよう。今すぐに」

6

終わりにするって、なにを？

手首をつかむザックの力にたじろぎながら、エミリーは走るようにして彼についていった。ザックが険しい表情で大理石の回廊を歩いてくるのを見て、使用人や護衛兵がぱっと引きさがった。

執務室に着くと、ザックはさっとドアを開け、エミリーを中に引き入れた。

エミリーはあっけにとられて、怖がるというよりおもしろがるような目でザックをじっと見つめた。「いったいなんなの？」そのときドアが大きな音をたてて閉まり、びくっとした。

「そろそろ芝居はやめにしよう、ミス・キングストン。無実だと言い張る君には、心底うんざりした」ザックは分厚い書類の束を手にとり、エミリーに渡した。

「これを読むんだ！　そして、茶番は終わりにしようじゃないか。事態は深刻なんだと、君も認めるんだな」

プリンスの引き結ばれた口元を見て、エミリーは動揺した。胸騒ぎを感じながら、手の中の書類に目を落とした。ちらりとザックを見てから、ゆっくり書類をめくっていく。それにつれて、恐怖がじわじわと体じゅうに広がった。

書類には数字とよくわからない法律用語が散りばめられていて、うまく理解できない。エミリーは最初のページに戻って読み直しはじめた。今度は懸命に意識を集中して、重要な部分や要約した部分に目を通す。ついに最後のページにたどり着いたとき、彼女は書類の束を落としてしまった。

そんな……。

「この書類には、兄がお金を横領したと書かれているわ」エミリーはささやいた。ショックのあまり、全身が凍りついたように動かない。「一ペニーも投資にまわしていないと」

「そのとおりだ。これで、僕がなにもかも知っていることがわかっただろう。今後はなにも知らないふりなどしないでほしい」

エミリーは答えなかった。たった今知ったばかりのとんでもない事実にうろたえ、言葉が出なかったのだ。ザックの言うことなど耳に入らなかった。

兄さんがお金を盗んだ？

「八百万ポンド」エミリーはつぶやいた。「兄が八百万ポンドものお金を盗んだなんて」

脚が震えて立っていられなくなり、机にもたれた。夢を見ているような気分で書類の内容を思い返し、兄について知っている事柄と突き合わせてみる。

〝僕にはもっと時間が必要なんだ、エム〟

〝もし僕が行けば、牢《ろう》へ入れられるだろう〟

「ああ」エミリーは震える手で口を押さえた。たしかに兄は牢に入れられるのを恐れていた。「兄さんはお金を盗んで、なくしてしまったんだわ」

そして、彼女は生まれて初めて気を失った。


事態が面倒になると、どうして女はいつも気を失うのだろう？　学校で教わるのか？　ザックはいらだたしげなため息をついてエミリーを抱きあげると、やわらかな曲線を描く体には目をやらないようにしながら長椅子へ運んだ。腕の中のエミリーはぐったりしていて、金色の髪は滝のように流れ落ち、顔から完全に血の気がうせている。一瞬、ザックは不安に駆られた。

しかし次の瞬間、義姉がいつでも失神できるのを思い出した。苦しい立場に追いこまれたときの奥の手だった。

エミリー・キングストンもダニエーレと同じことができるらしい。兄の悪事を知らないとは言えなくなったことを悟り、責任を逃れるために新たな手段をとったのだろう。

失神したふりなどやめさせてやろう。ザックは使用人を呼びつけると、執務室にすぐ医者をよこすよう命じた。医者が相手では、彼女の演技も通用しないはずだ。

執務室におおぜいの人間が駆けつける中、ぺこぺこしながら医者がやってきた。ザックは部屋を行ったり来たりしながら、医者の言葉を待った。〝エミリー・キングストンはいたってご健康です〟という言葉を。

刻々と時間は過ぎていったが、医者はいつまでも診察を続けるばかりで、ザックは怒りをつのらせた。

演技を見破るのにいつまでかかっているんだ。

ついに、医者が心配そうな顔をして立ちあがった。

「どうやら、彼女は大きなショックを受けたようですね」診察結果が説明される間、ザックはいらだちをじっとこらえていた。しかし医者が彼女を数時間は安静にしておくようにと指示したとき、そのいらだちは一挙に頂点に達した。

ザックは不信感をむき出しにして医者をにらみつけた。だが彼が優秀だったからこそ、王室専属の医師団に迎えたことを思い出した。

その医者が彼女の失神は本物だと言うのか？

ザックが黙っていると、エミリーが体を起こそうともがいた。顔に血の気がないせいか、ブルーの瞳がひときわ大きく見えた。

「私は大丈夫です……本当です。面倒をおかけしてすみません」

医者はやさしくエミリーにほほえみかけ、安心させるように軽く腕をたたいた。その仕草がザックをさらにいらだたせた。

この女の正体を知っているのは僕だけなのか？

もちろん、彼女はショックを受けているのだろう。

だがそれは、ピーターが犯罪者だという証拠を握られていることがわかったからだ。無実の演技がもう通用じないことに気づいたからだ。

使用人の一人が水と濃いコーヒー、なつめ椰子《やし》をのせたトレイをエミリーのそばに置いた。しかし彼女はトレイをぼんやりと眺めただけで、ザックに視線を向けた。「お、お話があります」

ザックは皮肉めいた笑みを浮かべた。もちろん、そうだろう。なにも知らないふりはもうできないから、彼女は別の方法で僕を操らなければならない。気絶したのも時間をかせぎたかったからに違いない。今や僕を説得する準備は万端というわけだ。

こちらに注がれるエミリーのまなざしに、ザックは途方もなくセクシーな提案をされることを覚悟した。突然、期待に体がうずきはじめる。

話は二人きりでしたほうがいいと考えて、ザックは指をぱちんと鳴らすと使用人と医者に下がるよう命じ、ドアが閉められるのをじっと待った。「体力をつけるために、なにか飲んだほうがいいな。顔色がよくないから」

ザックの皮肉はエミリーには通じなかった。

「なにも欲しくないわ」顔にかかる髪を震える手で払い、眉を寄せて言葉を搾り出す。「気絶なんて初めてよ。どうしちゃったのかしら」

「失神すれば、むずかしい立場に追いこまれても、たいていうまく逃げおおせられるからな」

エミリーは口をぱくぱくさせ、わけがわからないという顔をした。「私がわざと失神したというの？」

「三十分前の君は、僕の馬の前に飛び出せるほど元気いっぱいだった。つまり、突然僕の足元に倒れるような深刻な健康上の問題はないってことだ。僕も今度気絶してみようかな。公務の中には実に退屈なものもあるから」

エミリーは困惑と不審のまなざしをザックに向けたまま、黙りこくっていた。「その女性は誰なの？」

まったく予想外の反応に、ザックはさっと目を細めた。「誰のことだい？」

「あなたをそんな皮肉な人間にした女性よ」エミリーは医者に言われたにもかかわらず、立ちあがろうとしてふらついた。反射的に足を踏み出したザックを手で制する。

「誰もがあなたをあざむこうとして手のこんだ芝居をすると思っているのね。でも、私は芝居なんかしていないわ。もう私には近寄らないで。あなたはプリンスかもしれないけれど、人間らしい心はみじんもない。手も触れてほしくないわ」

最後に触れたとき、彼女がどんなに情熱的な反応を見せたか、ザックはありありと思い出すことができた。彼は眉を上げ、ちょっぴりからかうような目をした。「本当に？」

エミリーは長椅子の肘掛けにつかまりながら、顔をそむけた。「兄の話に戻りましょう。あなたは、兄がお金を横領したことを知っていたのね」

「もちろん、知っていた。だから彼に会いに来るように言ったら、ピーターは代わりに君をよこしたんだ。君だって承知のうえで――」

「違うわ！」エミリーが必死に否定するのを聞いて、ザックははっとした。

ザックに対してそんな口を聞く人間など、今まで誰一人としていなかった。ザックにへつらい、ご機嫌をうかがうのが常だった。女性はとくにそうだ。ところがエミリーはまったく違う態度で反論し、挑んでくる。

「私は知らなかったの」エミリーの身長はザックの肩にやっと届くくらいしかない。それなのに、彼女が瞳をきらきらさせながら顔を上げると、ひどく大きく見えた。

「兄はなにかに投資をしたけど、期待した利益をあげることができなかったんだと思っていた。兄はすぐにお金を返すつもりだろうって。そう話したでしょう」

だが、ザックは彼女の言葉を信じなかった。

そして今も信じていない。

「君のお兄さんはカズバーンの銀行でしばらく働いていた。そしてその間に、代わりに投資してやるからと、善良な市民を説き伏せて預金を崩させた。しかし彼は投資するどころか、金を横領したんだ」

「だからあなたは最初の日に、餓死する家族もあるって言ったのね」

ザックは歯ぎしりした。兄の横領を初めから知っていたと白状すればいいのに。そうすれば、こんな猿芝居は終わりにできる。

「君は、ピーターがカズバーンの人々から金をだまし取ったことは知っていたんだろう」

エミリーは長椅子に崩れるように座りこんだ。

「兄は」その声はささやくように小さい。「兄は、あなたの代わりに投資をしたんだって言ってた」

「今回、僕が解決に乗り出さなければ」ザックはそっけなく言った。「貯金を預けた人々は日々の生活にも困るはめになっただろう。君のお兄さんの代わりに、僕が金を彼らに払い戻したのだ」

エミリーは目を閉じると、長く濃いまつげが青白い頬に影を落とした。一瞬、ザックはそこに光るものを見た気がした。だが彼女はすぐに目を開け、まっすぐにザックを見つめた。

「兄がどこにいるのかは知らないけれど、これにはきっとわけがあるに違いないわ。兄は正義感の強い心の温かい人なの。今まで人のものをとったりなんてしたこともないわ」

証拠を突きつけられても、彼女はなおも兄をかばいつづけている。ザックは感嘆の念に打たれた。彼女は犯罪者かもしれないが、少なくとも兄のことを信じているところはすばらしい。

ザックの兄は悲しいほど弟を信じようとしなかったが。

「あなたが私を帰さないわけがわかったわ。大金が動いているのだもの」エミリーは青ざめた顔を上げて、ザックを見つめた。

「でもなぜ？　どうして兄はそんな大金が必要だったのかしら？　そのお金でなにをしたの？　知ってる？」

ザックは考えこみながらエミリーを見つめ返した。「いや、今のところはまだ」

エミリーは乾いた笑い声をたてた。「でも、そのうち知るのでしょうね。兄をさがしているんでしょう？」エミリーはほっそりした自分の体に腕をまわした。この暑さにもかかわらず彼女が震えているのに、ザックは気づいた。

「八百万ポンドというのはとてつもない金額だからね。カズバーンの空港にピーターでなく君が降り立った日から、さがさせているよ」

エミリーは痛々しいほほえみを浮かべた。「そうだとしてもあなたを責められないわ。とにかく、兄はお金を横領したからあなたに顔向けできなくて、私をよこしたのね。それは兄が間違ってる。私も片棒を担いでいると考えたくなるのも無理はないわ」

「君は共犯じゃないのか?」エミリーが深く苦悩しているのを目にして、ザックの心は揺れた。

「兄はなにを考えていたのかしら? 私には投資がうまくいかなかったと言ったけど——」

「彼は投資などまったくしていない」

エミリーはたじろぎ、青白い顔はさらに血の気を失った。エミリーがあまりにも弱々しいので、ザックは唇を引き結んだ。彼女が兄の罪を知っていたかどうかはもう関係ない。重要なのは今後のことだ。

ザックはエミリーを見つめた。驚くほど青い瞳やふっくらした唇、シャツを押しあげる胸のふくらみへと視線をやるうちに、心を決めた。

「君が確実に借金を返せる方法が一つある」ザックは最高の褒美をとらせるような傲慢《ごうまん》な態度で言った。「僕と結婚すればいいのさ」

エミリーは長椅子に座ったまま呆然《ぼうぜん》とした。どうにかしてザックが言ったことを理解しようとする。「なんですって?」

ザックがじれたように顔をしかめた。言葉を繰り返すことなどめったにないのだろう。

「僕と結婚するんだ。そうすれば、すべてがまるくおさまる」

胸がどきどきした。「なぜ私と結婚したいの?」

「妻が必要だからだ」ザックは冷静に答えた。「そろそろ僕も適齢期だ。当然、この結婚はただの契約でしかないがね」

当然ですって? 夢は消えた。エミリーはなにか別の言葉を聞くことができるのではと期待した自分を叱《しか》った。

「おとぎ話みたいだろう?」ザックはエミリーの腕をつかみ、小さく揺すった。「君はプリンスと結婚するんだよ。最高じゃないか」

あなたは私を愛してもいないのに?

「私たちは違うおとぎ話を読んでいるみたいね」エミリーは淡々と言った。

「僕のは現代版のおとぎ話なのさ」

「私が覚えていないだけかもしれないけれど、適齢期だから結婚するプリンスの話なんて読んだ覚えがないわ。新作なのね」

「君にとってはいい話だろう」ザックは鷹揚《おうよう》に言ったが、エミリーは愛してもくれない男性と結婚してなにがいいのかしらと思った。

「すぐにはいいところなんて思いつかないけど」

「君は莫大《ばくだい》な富を手に入れる」

「お金になんて興味ないわ。面倒のもとだもの」

ザックは黒い瞳に驚きの色を浮かべたが、交渉に慣れた人間らしく、すぐさま攻めの手を変えた。「父は君にプリンセスの称号を与えるだろう。結婚した日から、君は僕のそばを歩くことが許される」

エミリーはザックの長くたくましい脚にちらりと目をやった。「あなたの足についていけそうもないわ。速すぎるもの」

「僕の求婚をなぜちゃかすんだ？」

「どうせ真剣じゃないでしょう」

「僕はいたって真剣だ。言っておくが、僕が女性に結婚を申しこむのはこれが初めてなんだよ」

〝どうだ、光栄だろう〟と言われた気がして、エミリーは顔をしかめた。「あら、あなたは私に結婚を申しこんでなんていないわ。命令したのよ。あなたは〝僕と結婚すればいい〟って言ったわね。自分が理想的な結婚相手だから、断られるわけがないと考えているんでしょう」

「君のお兄さんの借金は帳消しにする」ザックは即座につけ加えた。

猿ぐつわをかませたように、その言葉を聞いてエミリーは黙った。口を開け、また閉じる。

「借金を帳消しに?」

「そうだ」

「でも、八百万ポンドもの借金よ」

「結婚式当日に、借金はなかったことにするよ」

八百万ポンドもの大金をなかったことにするですって? エミリーは絶句したまま、ザックを見つめた。「私と結婚するために、そんな大金をあきらめるつもり?」

「僕には妻が必要だから」

エミリーは唇を噛《か》み、頭の中で現実と夢がぶつかり合うのを感じた。

私にはずっと大切にしてきた夢がある。愛する男性とめぐり合い、家庭を築くという夢。愛以外の理由で結婚するなんて考えたこともない。しかしそんな夢を抱いていたのは、兄さんが八百万ポンドもの借金をかかえていると知る前のことだ。そして、ザクール・アル・ファリーシとの熱いキスを知らなかったころの話だわ。

エミリーはごくりと唾《つば》をのんだ。「ちょっと考えさせて」

「だめだ」ザックは自信たっぷりだ。「返事は待てない。今日にも父に報告したいからね」

「あなたは欲しいものを手に入れるとなったら、いつもこういうふうに容赦ないの?」

ザックはかすかに顔をしかめた。「君は八百万ポンドという借金を精算したうえに、夢のような生活を手に入れることになるんだ。なぜ取り引きを渋るのかわからないな」

なんて悲しい結婚観を持つ男性だろう。彼は恋に落ちることなど望んではいない。だから、取り引きとしての結婚もなんなく受け入れられるのだ。

でも、私は――。

エミリーは息をのんだ。私の夢はうなるほどのお金を手に入れることでも、きらびやかな宮殿に住むことでもない。

しかしゆうべのような情熱が自分にあるなど、今まで想像したこともなかった。まるで、知らなかった部分を彼に見つけられたかのようだった。

エミリーはザックの整った顔を見つめ、少しでもやさしいところはないかさがした。だが彼のまなざしは厳しく、唇も固く引き結ばれていた。

「あなたは私を好きでさえないのに」そうささやきながらも、二人の間にある強い結びつきにどうしようもなく情熱をかきたてられていた。

「僕は君の奔放なところが好きじゃない。だが幸い、僕が考えていることには、奔放なほうが都合がいい」ザックは口元をわずかにほころばせた。

「君は息をのむほど美しい。僕のベッドに一糸まとわぬ姿で横たわる君なら、きっと好きになれるよ」

ザックに露骨にさぐるような視線を向けられたとたん、エミリーは脚が震え、体がかっと熱くなった。まるで彼に触れられたように、全身が反応する。

そんな自分が許せなかった。逃げるべきだった。

けれど、この男性に兄が途方もない額の借金をしているのに、逃げ出すわけにはいかない。

皇太子ザクール・アル・ファリーシが居場所を突きとめたら最後、兄は投獄されてしまうだろう。

「これは取り引きで、本当の結婚じゃないのね？」

「本当の結婚ってなんだい？　我が国では、このような取り引きは普通に行われている。だが、することは一般的な結婚と変わらない」

エミリーは真っ赤になった。「でも、わからないわ」

「君はとても美しいから、僕は激しい欲望を感じているんだ」ザックは気取って言った。

「それのどこがわからない？」

激しい欲望……。

急に膝が震えだし、エミリーは長椅子に座っていてよかったと思った。こんな会話を交わしていることが信じられなかった。

「腹立たしいだけだから、女らしくつつしんでみせなくてもいい。僕は君の奔放なところが好きなんだ。僕への欲望を隠しきれない君がね」

エミリーはそれほどまでにあからさまだった自分が恥ずかしくなり、ますます顔を真っ赤にした。

「あなたはハンサムだから」足元に視線を落としたままつぶやく。「きっと今までにもそんなふうに見つめられてきたんでしょうね」

「文句があるわけじゃない」ザックはおかしそうに言った。「僕が君を欲しいのと同じく、君も僕を欲しがっていると言ったまでだ。僕にとってはありがたいよ。僕のセックスについての考え方は極めて現代的だからね。絶対にバージンじゃなければと思っているわけではないから、その腹立たしい純潔ぶった仮面ははずしていい」

エミリーはただただ驚いて、目をまるくした。「でも、あなたは……もし私たちが……それをしたら……そのときには……」

「それをする？　女学生みたいな言い方だな」

「だから、もし私たちが……」乾いた唇を湿らせる。「私たちが結婚すれば、兄が犯した罪も問わないし、借金も棒引きにしてくれるのね？」

「そうだよ」傲慢なほど自信に満ちた態度で、ザックは机にもたれた。「みんなが満足する、完璧《かんぺき》な解決法じゃないか」

「あなたは大金をふいにするわ」

ザックの顔にゆっくりと笑みが広がるのを見て、エミリーは体が熱くなった。「その代わり、僕は妻を手に入れ、君をベッドに連れていける。そのためなら、いくらかかってもかまわないよ」

エミリーは目を閉じた。

兄に八百万ポンドもの大金が作れるわけがない。世間に顔向けができなくて隠れているのだろうけれど、きっと不安でたまらないはずだ。

借金を帳消しにするチャンスを与えられながら、今ここで兄を見捨てるわけにはいかない。

エミリーは視線をプリンスに戻した。「いいわ」その声は硬かった。「私の財産はこの身一つくらいなものだけど、もしそれが欲しいのなら——」

ザックが体を起こしてエミリーに近づいた。「僕のベッドに犠牲者ぶった女は欲しくない。だから、僕に欲望を感じないふりをするのはやめてくれ」

エミリーは欲望を隠しきれない自分を憎み、本心を見透かしたザックをそれ以上に憎んだ。もう決心したことなのだから、深く考えるのはよそう。

「あなたは自分をすごく魅力的だと思っているのね」分別よりも悔しさが勝り、口がすべった。「あなたを拒む女性なんて、この世にいないと思ってるんでしょう?」

「うーん、そんな女性にはまだお目にかかったことがないな」ザックはあっさりと答えた。「だが、それは富豪のプリンスという身分のせいだろう」

女性が身を投げ出すのは自分がプリンスだからだと、ザックはほのめかしている。だが、エミリーは違った。彼女が引きつけられたのはザックの身分ではなく、彼自身だった。ザックは危険なくらい魅力的で力強く、たくましくて、あらゆるものを完璧に支配している。望んでいてもいなくても、エミリーの女らしい部分が彼のそんなところに引きつけられるのだ。

「いいわ。じゃあ……」期待に全身を震わせながらエミリーが顔を上げると、ザックは笑った。

「じゃあ？　今すぐここで君をペルシャ絨毯《じゅうたん》に押し倒し、僕のテクニックを披露するとでも思っていたのかい？」ザックは目をきらりと光らせた。「僕はもっと洗練されているよ、エミリー。期待させることが大切なんだ。飢えが激しければ激しいほど、ごちそうはいっそうおいしくなるものだから」

期待に胸がざわめく。全身がうずきだして、エミリーは息もできなかった。「それじゃ――」

「一人になりたいとき、僕の先祖は砂漠へ行ったそうだ。僕も同じことをするつもりだよ。ただし、君も一緒に連れていく。妻としてね」

ふいに、エミリーの脳裏を砂漠の景色がよぎった。

空港から宮殿へ向かう途中、車の窓から眺めた砂漠は索漠としていた。プリンスと同じく、厳しくて情け容赦のない土地だった。

ザックの視線を感じて、エミリーは身震いした。

彼はほほえんだ。「砂漠なら、じゃまは入らない。僕の頭にあることをするには、二人きりになることが絶対に必要だからね」

7

三日後、エミリーはザックを見つめながらも、自分たちが結婚したことが信じられなかった。

国王が病気のため、結婚式は内々で行うことにしたが、驚いたことに準備はあっという間に整った。

まわりはみんな、二人のことをすばらしいロマンスの末に結ばれたと考えていた。今まで皮肉っぽいプレイボーイだったプリンスがひと目で恋に落ち、たちまちのうちに結婚を決意したのだと。

真実を知るのはエミリーとザックだけだった。

そして今、誓いの言葉が交わされ、列席者は新郎が花嫁にキスするのを待っていた。

ザックの父親は疲れた顔に穏やかな喜びを浮かべて、こちらを見守っている。エミリーは国王のそんな視線に応《こた》えるように、決して不安を表には出さなかった。国王とは数日前に顔を合わせただけだったが、エミリーはひと目で好感を持った。この結婚が純粋なロマンスの結果などではないと感づかせて、国王を悲しませたくはなかった。

ザックが顔を近づけてきたとき、エミリーはこれも国王と兄のためだ、キスも取り引きのうちなのだと自分に言い聞かせながら顔を上げた。

唇が触れたとき、たちまち体が燃えるように熱くなるとは予想もしていなかった。今までのキスに比べれば控えめだったが、その衝撃は変わらなかった。

たちまち全身がうずきだし、エミリーは思わずザックに寄り添ってより深いキスを求めた。ザックは腕を彼女の腰にまわし、誰かが咳払《せきばら》いをするまでキスを続けた。やっと顔を上げたとき、彼女を見おろす黒い瞳には今まで見たことのない光が宿っていた。

「君は僕の妻だ」感慨深そうに口にされた言葉に、エミリーは頬を薄く染めた。だがその声には、まだからかうような響きがあった。結局、私たちは愛やロマンスとは関係ない理由で結婚したのだ。

招待客がお祝いを述べようと、いっせいに二人を取り囲んだ。〝内々の〟結婚式とはいえ、ザックは高貴な家柄の出だ。つまり、招待客からの祝福を際限なく受けつづけなければならない。

ザックはやさしい夫役を演じることにしたらしく、片時もエミリーのそばを離れずに、おおぜいの人々から次々と祝福を受けた。

二人は披露宴用の長いテーブルについた。招待客がおしゃべりしながら食事をしている姿を見て、エミリーはここにピーターがいてくれたらと思わずにはいられなかった。なんといっても、ピーターはたった一人の肉親なのだ。たとえ本当の結婚でなくとも、兄には出席してほしかった。

披露宴が終わるとすぐ、二人は砂漠に向けて出発した。ジャマールが行かないでと泣き叫びながらしがみついてきたので、少しばかり手間取った。

「ジャマールは小さいのに、今まで落ち着いた環境を与えられてこなかったからよ」エミリーはザックにそっとささやき、ジャマールを抱きしめた。おおぜいの使用人がエミリーの指示に従って模様替えをしたおかげで、ジャマールの部屋は光にあふれる、明るく楽しい雰囲気になっていた。

「エミリーを連れていっちゃいやだ！」ジャマールは叔父であるザックをにらんだ。「僕、エミリーが大好きなんだ。エミリーはよく笑って、抱っこしてくれて、おもしろいから。お話も楽しいんだよ」

ザックは幼い甥《おい》を抱きあげた。「短い間に、いろいろなことがわかったんだな。エミリーはすぐに帰ってくるよ」子供を安心させるように約束するザックの声は、驚くほどやさしかった。

「だがエミリーがいない間、新しいすてきな子守りがそばにいてくれるからね。その人も楽しいお話をしてくれるよ。それから……」彼は言いよどんだ。「ママが帰ってくるようにする」

ザックが心からやさしくなれるときがあることに、エミリーは衝撃を受けた。しかしその驚きから立ち直る間もなくザックの唇が固く引き結ばれたのに気づいて、ジャマールの母親のいったいなにがそんな反応をさせるのだろうと、不審に思った。

たしかに、母親が我が子になんの関心も示さないなんて驚きだ。エミリーは、ザックが自分と同じくジャマールの母親に反感を持っていることに奇妙な感動を覚えた。ザックは幼い甥を心から気にかけていて、新しい子守りの面接もじきじきに行った。幸い新しい子守りはとてもやさしく、すぐに仲よくなれたので、ジャマールはいやいやながらもエミリーの出発に賛成したのだった。

「でも、ちゃんとエミリーを連れて帰ってきてね」幼い甥にすねたように言われたとき、ザックの目がきらりと光った。

「大丈夫、ちゃんと連れて帰るよ」しなければならないことが終わったらね、という無言のメッセージをこめて、ザックはエミリーを見つめた。彼女は真っ赤になった。

今、護送の車を従えて、二人はマーダーンのオアシスへと向かっていた。「私たちだけかと思っていたわ」エミリーが言うと、ザックは苦笑いを浮かべた。

「〝二人きり〟という言葉は僕の辞書にはないんだ」ザックはハンドルをぐっと握りしめ、道のない砂漠を行く車を立て直した。

「だがオアシスに着けば、二人きりになれる。僕が考えていることをするには観客など必要ないからね」

エミリーは表情を見られないように顔をそむけた。初夜の話になるたびにきまりが悪く、身の縮むような思いがする。カズバーンのきらびやかな宮殿が遠ざかり、視界から消え去ったとき、一挙に緊張が高まるのを感じた。

四輪駆動車のシートにしがみつき、あちこちにある大きな砂丘をうっとりと眺めた。太陽の光のせいで茶色や赤、濃い金色へとさまざまに色が変わる。

「いったいどうやって方角を知るの?」あたりは見渡す限り、どこまでも砂漠だ。「どちらを向いても同じ景色だけど」

ザックはちらりとエミリーを見た。「外国人にとっては同じに見えるかもしれないが、砂漠に慣れている者は、風と星だけで方角がわかるんだ」

「今は昼間よ。星も出ていないし、エアコンがあるおかげで、風も感じないわ」

「君はもっとロマンチックなのが好きかと思っていたよ。だがもちろん、君の言うとおりだ。いったん進路をはずれたら、コンパスを使うんだ。コンパスは車に備えつけられている」

エミリーはシートにもたれたが、視線は意に反してザックの筋肉質な太腿にとまった。

ザックは旅行のためにスーツとローブを脱ぎ捨て、はきこんだ黒いジーンズを身につけている。脚にぴったりしたジーンズは、彼のがっしりした体を際立たせていた。エミリーは自分を抑えきれず、視線を太腿からわずかに上に泳がせた。胸がどきりとして、口の中がからからになる。どんな会話を交わしていても、彼女の頭の中には一つの言葉しかなかった。ベッド、ベッド、ベッド。

なぜ彼はこんなにリラックスしていられるのかしら？　エミリーは本気でいぶかりながら、上気した顔をさっとそむけた。

私はこんなにどきどきしているのに、彼はまったく平然としている。たぶん、女性と砂漠に出かけることがよくあるのだろう。彼のプレイボーイぶりについては兄さんから聞いた。ザックがはずかしがったりうぶだったりするなんてあるわけがない。私とは違って。

「まず馬の牧場に立ち寄ろうと思う」ザックが言った。車のミラー越しに見つめられて、エミリーは馬を運ぶコンテナが車につないであることを思い出した。ザックが愛馬を誰にも触れさせず、自分で運んでいることなど忘れていた。〝ほかの馬は空輸するんだが〟彼は自らサハラをコンテナに乗せながら説明したのだった。〝サハラは飛行機が嫌いだから、ストレスにさらしたくないんだ〟

外の景色に目を戻したエミリーは、たちまち移り変わる風景に心を奪われた。光が砂丘の上で躍り、さまざまな模様を作り出しているのを眺めているうちに、いつしか彼女のまぶたは落ちていた。

目覚めたときには午後もかなり過ぎ、遠くにぼうっと浮かびあがる山々と椰子《やし》の木が見えた。

エミリーは顔をしかめて、あくびを噛《か》み殺した。「むこうのあれはなに?」

「オアシスだ。着いたよ」

エミリーは目をみはった。「すごく大きいのね。オアシスってもっと小さいと思っていたわ」

「小さいのもあれば、ほとりに町ができているオアシスもある」ザックはスピードを落とし、ふいに方向を変えた。「まず牧場へ行くよ。サハラを落ち着かせたいから」

数分後、車は白い柵《さく》と青々と茂る木々の中を走っていた。砂漠とはまったく違う風景に、エミリーは驚いて目をしばたたいた。何頭もの馬が目に入ったときには喜びの声をあげ、一瞬、緊張していたことも忘れた。

「アラビア馬だわ! なんてすばらしいのかしら。車をとめてもらえない?」今にもドアを開けそうなエミリーを見て、ザックは喜んで車をとめた。「子馬がいるわ」彼女は車から飛び出すと、白い柵に駆け寄った。「かわいいわね」

「サハラの子だ」背後からの声に振り返ると、ザックも四輪駆動車から降りてきていた。

「二頭とも雌で、申し分のない血統だ。競馬場で大活躍することだろう」

コンテナにいるサハラがいらだって蹄《ひづめ》を鳴らし、雌馬を呼ぶようにいなないた。

その声を聞きつけた雌馬が数頭、興奮と期待をみなぎらせ、柵に向かって全速力で駆けてくる。

「サハラは家に帰ってきたことがわかるのね」

「サハラの感情はもう少し動物的なものだと思うよ」ザックはからかうような目でエミリーを見つめた。「雌馬がいるのを知って、頭の中がセックスのことでいっぱいになっているのさ」

頭の中がセックスのことでいっぱい。

ふいにエミリーはザックから目を離すことができなくなり、黒い瞳に熱い欲望がきらきらと輝いているのを見て息苦しくなった。雌馬もきっとこんな気持ちなんだわ。興奮しているたくましい雄馬を目の前にして、落ち着きを失いながらもうっとりしているに違いない。

ザックが近寄ってきたとき、エミリーはその男らしさに圧倒された。まるで相手の大きさや威圧感を全身で感じ取ったかのように。初めての興奮に、ぞくっとした。

「そして、雌馬も同じように興奮している。雄馬が帰ってきたからだ」ザックはゆっくりと話した。

耳をくすぐる甘い声と強烈な存在感に、エミリーは体がほてるのを感じて、その場に立ちつくした。

ザックはエミリーを見つめたまま、満足そうにうなずいた。「今夜、君は僕のものになるんだよ。最高の夜にしてあげよう」

今夜、君は僕のものになるんだよ、ですって？　こんな尊大で自信たっぷりな言い方をする男には、平手打ちのひとつでもお見舞いしたい。エミリーはそう息巻きながらも、心のどこかでは、今夜まで待てそうもないと思っていた。今、彼が欲しかった。

そう考えた自分に仰天し、エミリーはあとずさりした。結婚したのは兄のため。借金を帳消しにしてもらうためだ。結婚は取り引きであって――。

それなら、どうして私は期待に震えているの？

エミリーはきっとにらんだが、ザックは謎《なぞ》めいた表情を浮かべてほほえむばかりだった。

エミリーはすっかり取り乱していたので、牧場の人間たちがサハラを連れにやってきたときは、ほっと胸を撫《な》でおろした。ザックがサハラを自らコンテナから降ろし、馬丁頭に引き渡して、アラビア語で指示を出した。馬丁頭がうなずいてサハラを連れ去ると、あとには二人だけが残った。

「私たちは今夜、どこに泊まるのでしょうか、殿下？」少しかしこまったエミリーを見て、ザックが愉快そうな表情を浮かべた。

「僕たちは結婚したんだよ、いとしい人《アジズ》。君は僕をザックと呼べる関係になったんだ」

「私たちの結婚は単なる取り引きでしょう。そんな関係になんてなってない――」

「今夜までにはそうなるさ」ザックは自信たっぷりに言ってのけた。「生まれたままの姿で僕の下に横たわる君に〝殿下〟などと呼ばれたくないからね」

言葉どおりのイメージが鮮やかに脳裏に浮かんできて、エミリーは火がついたように熱くなった。

ザックはエミリーのほてった頬を撫でながら、興味深そうな表情を浮かべた。「君のようにしょっちゅう顔を赤らめる女性は見たことがないよ」

「あなたに会うまでは違ったわ」ザックの指の感触が全身の神経をざわめかせるのを感じながらつぶやく。「あなたに会ってからは、いつもりんごみたいに赤い顔をしているけど」

ザックが笑った。「僕があまりにも下品で、君があまりにも汚れがないからかい？」

ザックの皮肉な口ぶりに、エミリーは唇を噛んだ。まったくの誤解だと、今こそ彼に告げるべきだ。だが、自らそう口にする気にはなれなかった。

「私が結婚したのは兄のためよ」エミリーがかすれた声で言うと、ザックの笑みが大きくなった。

「すばらしい犠牲的精神だな。今から数時間もすれば君は僕のベッドに横たわり、身もだえしながら懇願しているだろう。そのとき、君はお兄さんのことなど考えてもいないさ、アジズ」

エミリーはさっとあとずさりした。不思議なほど熱い感覚にとらえられながらも、今すぐ平手打ちをしてやりたいくらい猛烈に腹がたった。

振り返りもしないで車へ戻り、ドアをぐいっと開けながら、これからなにがあっても絶対に身もだえしたり懇願したりしない、と自分に誓った。

ベッドに横たわったら、目も口も固く閉じていよう。せいぜい一人で奮闘するといいわ！

エミリーがシートに腰を下ろした直後、ザックも車に戻ってきてすばやく運転席に座り、アクセルを踏んだ。気がかりだったサハラを降ろし、護衛に注意を払う必要のない運転は爽快《そうかい》だった。

しばらくしてオアシスの反対側に到着すると、大きなテントがずらりと並んでいた。

エミリーはキャンバス地の巨大なテントを畏敬《いけい》の念を持って見つめながら、これはテントとは呼べないかもしれないと思った。宮殿を離れても、プリンスには広い場所が必要なのだろう。

「砂漠には危険が多いから」ザックは身を乗り出して、エミリーのシートベルトをはずしながら警告した。「ここにいる間は、遠くまで出歩かないほうが賢明だよ、アジズ」

ザックの自信たっぷりな態度への怒りがまだおさまらず、エミリーは彼をにらみつけた。

「あなたより危険なものってなに？」

「そうだな、蛇とさそりかな。だがなにが危険か、決めるのは君だ」

蛇とさそり?

エミリーは不安そうな目をザックに向けてから用心深くドアを開け、地面を見おろした。

ザックはダッシュボードから短剣を取り出した。「これを持っていれば少しは安心だろう。どんな生き物からも身を守れる。一人で砂漠を歩きまわらない限り、君は安全だ」

エミリーは短剣を受け取り、柄《つか》に刻まれた美しい彫刻に目をみはった。しかししげしげと眺めてから、その剣をザックに返した。「ありがとう。でも、あなたが持っているほうがいいわ。私には使えそうもないから」

「ああ、そうだった。思い出したよ。プリンセスは水鉄砲を使うんだったな」

そう言って笑うザックの魅力的な顔に、エミリーは胸がきゅんとし、脚が震えた。

ふと気づくと、おおぜいの使用人が二人に挨拶《あいさつ》しようと待ち構えていた。エミリーは車から降りたものの、一日中旅をしてきたことを思い出して髪に手をやった。ひどく乱れているに違いない。

アイシャが進み出てくるのを見たとき、彼女は驚くと同時に喜んだ。宮殿を発《た》った一団の中に、アイシャがいたとは全然気づかなかった。「こちらへどうぞ、妃殿下。旅のあとできっとお疲れでしょう」

妃殿下?

そのときエミリーは、プリンスとの結婚には夜ベッドをともにする以上の意味があることを悟った。ザックのことは無視して、アイシャのあとを追いかける。「私のことはエミリーと呼んで、アイシャ」

アイシャは驚いた顔をした。「いけません、妃殿下。あなたはもうプリンセスなのですから。今夜は殿下のために美しく装われますよう」

エミリーは自分の立場をはっきりさせるために、ジーンズでいるほうがいいと宣言しようとした。しかしいつでも着られるようにつりさげられた美しいドレスを目にした瞬間、その言葉は唇で凍りついた。

「まあ」ドレスに近づき、光沢のあるブルーのシルクの一着に触れる。

「私もそれがいいと思いますわ」アイシャは興奮した声で賛成し、ドレスをハンガーからとってエミリーにあてた。「よくお似合いです。でも、まずお風呂に入っていただかないと」

「どこで?」エミリーは初めて部屋の中を見まわして、口をぽかんと開けた。

まさにアラビアンナイトの物語のようだった。垂れ幕が引きあげられたテントからははっとするほど美しい砂漠の景色が見え、部屋の内装は色彩鮮やかで神秘的だった。濃い赤と紫でまとめられた室内や美しいペルシア絨毯《じゅうたん》が敷かれた床を目にして、エミリーは息をのんだ。

テントの外が騒がしくなったかと思うと、さらに女の使用人が四人入ってきた。にっこりとほほえみながら頭を下げ、熱い湯を運んでいる。「殿下のお申しつけで、お召し替えの手伝いをさせていただきます」

アイシャがじっと立っているエミリーに向かって楽しげに話しかけた。「でも、妃殿下はなんて幸運なんでしょう！　殿下と相思相愛になるなんて……とてもロマンチックですわ」

ロマンチック？　若い女の子を幻滅させるのは気が進まなかったので、エミリーはただ唇を噛んだ。「そうね、アイシャ。早くお風呂に入りましょう」

二時間後、エミリーは鏡に映る自分の姿を驚きの目で見つめた。入浴のあと、アイシャはエミリーを椅子に座らせると髪を整え、化粧を施して、ドレスを着せてくれた。洗ったばかりの髪は背中にさらりと流れ落ちている。アラビア風にアイシャドーを入れた目は、とても大きく見えた。

ドレスもすばらしかった。エミリーはこんなに美しいドレスを初めて着た。横を向いて鏡に映る姿を確かめても、とても自分だとは思えない。アラビア風のエキゾチックなドレスはそれとなく体の線を浮かびあがらせるが、あからさまに挑発してはいない。しかし、生地の感触は信じられないほど官能的だった。

どうして私のサイズがこんなに正確にわかったのかしら？　たぶん彼は触っただけで女性のサイズがわかるんだわ。そう思うと、全身が熱くなった。

ドレスを着せると、アイシャは喜びの声をあげた。「まあ！　ブルーがとってもお似合いです。どこから見ても皇太子妃殿下ですわ」

「そんなに興奮しないで」エミリーはさりげなく言い、子供のころから夢見てきたロマンチックなファンタジーに思いをはせるのはやめた。今夜はロマンスのためにあるのではない。ただベッドをともにするだけのためにあるのだ。

それなら、どうして高まる期待に胸がどきどきするのだろう？

「時間はあるの、アイシャ？」

「妃殿下の準備が整い次第、いらっしゃるようにとのことでした」ほかの使用人がすばやく答えたが、エミリーは永久に準備などできない気がして深い吐息をもらした。「そう。じゃあ、行きましょうか」

アイシャがテントのたれ幕を引くと、目の前にシャリーフが立っていた。エミリーの頬が真っ赤に染まった。宮殿じゅうの使用人が私の初夜を見届けるために、ここに来ているの？

シャリーフは頭を下げた。「あなた様を晩餐《ばんさん》にお連れいたします」重々しい言葉を聞いて、エミリーはアイシャにやさしくほほえみかけた。

「いろいろとありがとう」

「すてきな夕べをお過ごしくださいませ、妃殿下」

エミリーは笑顔でシャリーフに近寄った。「よろしくお願いします」

シャリーフはエミリーの金髪から、ドレスと同色のシルクのミュールまで視線を走らせた。そして、かすかなため息をついた。

「無理もないな」そう独り言をつぶやき、エミリーについてくるように身ぶりで示した。

なにが〝無理もない〟のかしら。エミリーはあとを追いかけながら考えたが、理由をきくことはできなかった。二人はあっという間に別のテントに到着し、シャリーフが深々と頭を下げたからだ。

ザックが前に進み出た。すると、シャリーフはエミリーを残してすぐに立ち去った。

急に不安になり、エミリーは立ちすくんだ。彼を見つめて期待に胸を震わせない日なんてくるのかしら。彼はハンサムすぎる。

エミリーはザックの広い肩や、開襟シャツからのぞく胸毛に目をとめた。西洋風の洗練された装いにもかかわらず、彼はなおもエキゾチックで危険な雰囲気を漂わせている。絶大な自信を見せつけるように両足を大きく開いて立ち、暗い光をおびた目でこちらをじっと見つめていた。

その目に満足そうな色が宿った。「きれいだ」

エミリーは途方もなく恥ずかしくなり、小さく肩をすくめて目を伏せた。二人は普通の結婚をしたわけではないから、ほめられるとは思ってもみなかった。これからなにをするのかしら？　食事？　おしゃべり？　それとも――。

「震えているね」

「あの、緊張しているのよ」エミリーは正直に認め、自分の体を抱きかかえるように腕をまわした。「ハーレムに入るなんて、そうあることじゃないし」

「僕は君と結婚したんだよ、アジズ。ハーレムに入るわけじゃない」ザックは肉食獣のような笑みを浮かべ、エミリーをリラックスさせるどころか緊張させた。「これは独占契約なんだ。君と僕がいて、特大のベッドがあればいい」

エミリーの目がベッドへと向いた。深い色合いのシルクのカーテンでおおわれたベッドが部屋を威圧するように据えられ、あるじを手招きしている。光沢のある大きくやわらかいマットレスに横たわり、女の夢にひたりなさいというように。

彼は女の夢をもてあそぶすべをよく知っているに違いないわ。そう思うと、なんだかわからない初めての感覚がエミリーの胸の奥深くに渦巻いた。ベッドに目が釘《くぎ》づけになったとき、シルクのシーツの上で男性とからみ合う姿が脳裏に浮かんだ。その男性は夜のような瞳を持ち、砂漠の国を支配していた。

女性を恍惚《こうこつ》とさせてしまうキスもできる。

エミリーは自分らしくない想像に驚き、ベッドから目をそらした。私はこのベッドにふさわしい存在じゃない。「あなたは多くを期待しているみたいね」

「僕に対して、女らしく恥ずかしがったりする必要はない。大人の男女が同じことをしたいと思っているんだからね」

大人の男女ですって？　私はそんなことをしたいとは思っていない。家に帰りたいだけなのに、どういうわけか彼のことしか考えられない。

それと、ベッドのことと。

エミリーが答えないでいると、ザックは肩をすくめた。「もっとはっきり言おう。もし君がベッドでも演技をしたいというのなら、それもいいだろう。だが、そんな必要はまったくない。君は現代的な若い女性で無垢《むく》なバージンじゃないし、僕もそれでじゅうぶん満足だ」

今までキスの経験しかないと打ち明けたら、彼は満足してくれるだろうか？

エミリーはもう一度巨大なベッドをちらりと見て急に途方もなく不安になり、真実を告げることにした。一糸まとわぬ姿になれば、ザックにも私に経験がないことがわかるだろう。

「あの……お話があります、殿下」そう切り出すと、ザックが近づいてきて緊張した面持ちの彼女を見つめた。

「ザックでいい」

エミリーは息を吸った。「ザック、あなたは私のことを……あの、ひどく誤解しているわ。ちゃんと知っておいてほしいの。私は……」屈辱感に顔が真っ赤になり、言葉が途切れた。「私は一度も……」最後まで言わなくても、彼は察してくれただろう。

エミリーを見つめるザックのまなざしには、怒りと笑いが交錯していた。「そうか。それなら君を喜びの世界へ導くのが楽しみだ」

8

喜びの世界ですって！

バージンだと告白すれば少しは驚くだろうと思っていたが、ザックに困惑したようすはみじんもない。急に現実が迫ってきたような感じがして、エミリーは動揺した。もう逃げられない。

うずくような興奮が体の奥から全身へゆっくりと広がり、胃が引っくり返りそうなほど神経が高ぶる。ずっと夢見てきた瞬間がいよいよ現実になるのだ。

「おなかがすいているかい？」低いテーブルには、食欲をそそるさまざまな料理が並べられていた。

緊張しすぎて食べられそうもなかったが、もし断ったらほかのお楽しみは――。

そのときをできる限り先に延ばしたくて、エミリーはなんとか笑顔を作った。「ぺこぺこよ」彼女はクッションの方へ行き、楽な姿勢で腰を下ろした。

ザックもすぐ隣に腰を下ろした。太腿が触れ合い、エミリーはそのたくましさに息をのんだ。

「ワインをどう？」ザックがグラスにワインをついで差し出した。エミリーは待ちかねたようにグラスを受け取り、アルコールが気分をほぐしてくれることを願ってぐいぐいと飲んだ。

リラックスできるわけがなかった。手が震えてワインをこぼしそうになり、グラスを置いた。

「君の家族について聞きたい」ザックがスプーンで料理を取り分けながら尋ねると、とたんにエミリーは体を硬くした。

「私を罠《わな》にかけて、兄について聞き出そうというつもり――」

「勘ぐらなくてもいい」ザックはやさしく言った。「質問に意味はないよ。君をもっと知りたいだけだ。なんといっても、僕たちは結婚したんだから」

でも、この結婚は本物ではないわ。

「ピーターは私の肉親よ。たった一人のね」

ザックは目を細め、思わせぶりなまなざしを向けた。「たった一人って、どうしてだい？」

「両親は、私が十二歳のときに死んだわ」どうして彼は急に私の生い立ちに興味を持ったのかしら？「それからは兄が私を育ててくれたの」

「お兄さんは君よりずっと年上なのかい？」

「十五歳上よ」エミリーは悲しそうにほほえんだ。

「お兄さん夫婦に子供は？」

エミリーはかぶりを振り、取り分けられた料理をつついた。「義姉《あね》のパローマが子供を欲しがらなかったから」

「だけど、君は引き取ったじゃないか」

「しかたなかったからでしょう」エミリーはまたグラスを持ちあげた。個人的な話をして、ザックに心の奥に秘めたあこがれを悟られたくなかった。どんなに家族の一員になりたかったことか。ピーターはやさしかったが、欲しくもない子供の面倒を見るはめになって、パローマがいらだっているのははっきりとわかった。

一人で眠るのが寂しいときは、幸せな家族の物語を読んでは、いつか私も主人公のように幸せになるわ、と誓ったものだ。

欲しいのは王子様でも宮殿でもなく、愛だった。

おぼつかない手つきでグラスを持ちながら、まったく皮肉なものね、とエミリーは思った。結局手に入れたのは愛ではなく、王子様と宮殿なのだから。

ザックは料理をさらに取り分けた。「これを食べてごらん。地元の名物料理だよ」

エミリーはなにも食べられないと思っていたが、料理はおいしかった。彼女は料理を味わってから、目を上げた。「あなたはどうなの？　プリンスでいるって、きっととても孤独なんでしょうね」

「僕は生まれたときから、おおぜいの人間に取り巻かれている。孤独なことなどありえない」

エミリーはザックの言葉について考え、うなずいた。「たしかに、一人きりの時間を持つのはむずかしいでしょうね。だけどおおぜいの人に囲まれていても、寂しいってこともあるわ。とくに、なぜその人たちがそこにいるかと考えるとね。でも、あなたには少なくとも信頼できる家族がいるし」

「君はいつもそんなふうに楽観的なのかい？」

エミリーはいぶかしげにザックを見つめた。いったい私の言葉のどこが気に障ったのだろう？「普通、家族って固い絆《きずな》で結ばれてるものじゃ――」

「どうかな？　君が読んだおとぎ話には、そんなことも書いてあったのかい？」

「家族は信頼し合えるものだとは思わないの？」

「ほかの人を頼るなんてばかばかしいことだ」ふいに、ザックの表情が冷たくなった。

これほど人を信用できないなんて、いったい彼になにがあったのだろう？　家族にも頼ろうとしないなんて。

「だから今まで独身だったの？」エミリーがよく考えもしないで尋ねると、ザックは凍りついた。後悔して謝ろうとしたとき、彼が薄く笑った。

「こんなときにする質問じゃないな、いとしい人《アジズ》」

ああ、頭がくらくらする。おなかがすいているのにたくさんワインを飲んだせいだわ。

エミリーはミュールを脱いでクッションにもたれた。

「すごいテントね。とっても快適だわ」そうつぶやいて、周囲を見まわす。「キャンプなんて大嫌いだけど、あなたの手にかかればキャンプも豪華になるのね」

ザックはにっこりした。「砂に杭《くい》を打ちこんでとめるようなテントを想像していたんだろう？」

「ええ。ここではいつもテントを張るの？」

「ここは馬の牧場を尋ねたり、部族間の問題を解決したりするときの拠点なんだ。僕に会いたい人々がやってくることもある。シンプルな生活だよ。宮殿に住むよりすっきりしている」

エミリーはふたたびベッドにちらりと目をやり、そんなにシンプルにも見えないけれど、と思った。それにつき従ってきた側近たちのことを考えると、一人の時間があるようにも思えない。

「あなたのお父様もいらっしゃることがあるの？」

「父にはもうあちこち旅する体力はない。ジャマールと一緒に宮殿にいるほうがいいようだ」

　エミリーの顔がほころんだ。「ジャマールってかわいいわね」

「君は子供が好きだな」一瞬ザックの顔を奇妙な影がよぎり、エミリーは驚いた。

「子供は大好きよ。どうして？」

「すべての女性が子供を好きだとは限らないから」

「それはそうでしょうけど」パローマだって、決して子供好きではなかった。

「でも、私は好きよ。とくに、ジャマールくらいの年の子がね。子供ってなんでもすぐに身につけてしまうのよ。アルファベットがわかるようになったかと思うと、もう次には単語を読んでいるの。最高の瞬間よ。子供たちのそんなところを見ると、ついにこにこしてしまうの」

　ザックが黙りこんでいるので、顔を赤らめた。

「ごめんなさい。しゃべりすぎたわ。緊張するといつもこうなの」

「なぜ緊張しているんだい？」

　彼は本気で尋ねているのかしら？　経験がないって言ったのに。

「大きなベッドで迷子になりそうだからよ」エミリーが弱々しい声で冗談を言うと、ザックは小さな笑い声をあげた。

「迷子になるひまなどないさ、アジズ」

エミリーはさっと体をこわばらせた。ザックのすてきな唇に目がとまり、彼女は手を伸ばして彼を引き寄せたりしないよう拳《こぶし》を作って我慢した。

どうしてキスしてくれないの？　私をさっさと誘惑するために、砂漠に連れてきたのでしょう？

なのに、彼は指一本動かそうとしない。きっとやめるつもりなんだわと思ったとき、エミリーはけぶるような黒い瞳に気づき、ザックにそんなつもりなどないことがわかった。私をからかっているんだわ。

「エミリー……」こちらを見つめるザックの瞳はきらきらしている。彼女はどきどきしながらザックを見つめ返した。なんてハンサムな男性かしら。このままずっと見つめていたい。

そして、彼に触れたい。

ザックが顔を近づけた。「君のいちばんみだらなファンタジーを教えてくれ」

その瞬間頭の中は、ザックと部屋の隅で二人を待っているベッドのことでいっぱいになった。経験がないのでザックになにを求めているのかはよくわからないけれど、今すぐどうにかしてもらわないと体が溶けてしまいそうだ。

エミリーはキスを待ち受けるようにザックを見あげた。しかし彼はキスをする代わりに立ちあがり、エミリーを抱きかかえてベッドのそばまで運ぶとそっと下ろし、肩に手を置いた。

これまでとは対照的な、やさしくすばらしいキスだった。ゆったりしたからかうような口づけが続くなか、エミリーはザックのたくましい胸に手をあてた。薄手のシルクのシャツ越しに、ゆっくりと打つ力強い鼓動や肌のぬくもりが伝わってくる。

ザックが官能的な動きで唇をなぞったとき、エミリーは口を開いた。さらにキスが濃密になって、胸の高鳴りがいっそう激しくなる。

彼がなおもキスを続けながら、長い指をエミリーのむき出しの腕にすべらせた。その指が背中に触れたかと思うと、ふいにドレスが肩からすべり落ち、彼女はブラジャーと下着だけの姿になった。

エミリーはキスをしながら息をのんだが、なにか言うより先にかかえあげられていた。ザックはエミリーをベッドに下ろすと、自らも横たわった。そして体の重みで動きを封じ、今度は激しく情熱的にキスをしながらエミリーのほてる素肌を撫《な》で、胸のふくらみを包みこんだ。

いつの間にかブラジャーが取り去られていた。ザックは目を輝かせてエミリーを見つめた。

「君はすばらしい」かすれた声で言い、ふたたび顔を伏せて薔薇色《ばらいろ》の胸の先に口づけた。

彼がそこを舌ではじいただけで体の奥に衝撃が走り、エミリーは背を弓なりにそらして叫び声をあげた。だがザックは力強い体で彼女をとらえ、巧みに愛撫《あいぶ》を続けた。

「ザック……」エミリーは息も絶え絶えに彼の名を呼び、もがいた。体が熱くてどうにかなりそうだ。

ザックが息を切らしながら顔を上げ、手をゆっくりと下へすべらせた。腰のあたりをさまよっていた手が、やがてもっとも秘めやかな場所に触れた。

エミリーは安堵《あんど》のあまりすすり泣きそうになったが、指がさらに奥へと進むとあえぎ声をもらした。

人生で初めての親密な経験だった。うずくような感覚が全身に広がり、エミリーはいっきに興奮の渦にのみこまれ、体を震わせた。

彼女はさらになにかを求めていた。欲望が全身に渦巻き、ザックが欲しくてたまらず、手を伸ばして彼のシャツをつかんだ。

震える手でボタンを手さぐりする。その間もザックは意地悪なほどセクシーなまなざしを注ぎながら、絶え間なくエミリーを興奮させた。

「こうしたいんだね」自分がかきたてた興奮に悦に入りながら、ザックはシャツを脱がされるに任せた。それから目を閉じて、エミリーの手が胸毛でざらつく体をすべっていくのを感じた。

衝動に突き動かされたように、エミリーはズボンのベルトへと手を伸ばし、ジッパーをさぐった。しかし必死になるあまり、手が言うことを聞かない。

ザックが笑みを浮かべてエミリーの手に手を添え、ジッパーを下ろすのを手伝った。そのあともどかしげに服を脱ぎ捨て、また彼女におおいかぶさった。

エミリーは初めて一糸まとわぬ姿のザックを目にして急に途方もなく恥ずかしくなり、またもや頬を真っ赤に染めた。彼女が目を見開くさまを、ザックはおもしろがるように見つめた。

「見てもいいよ、アジズ」軽くキスしながら、ザックがそっと言った。「触れてもかまわないし」

触れる……。エミリーは胸をどきどきさせながら手を下へすべらせたが、はたととめた。変なことをしてしまったらどうしよう?

そのとき、ためらうエミリーの手にザックの手が重ねられ、彼女を導いた。エミリーは彼をそっと愛撫した。目を閉じて感触を味わっていると、ザックの低いうめき声が聞こえた。

「もういい」ザックは意を決したように身を引き、エミリーの太腿の間に体を置いた。

熱い体が秘めやかな場所をかすめたとき、エミリーは本能的に腰を弓なりにそらした。

全身が興奮でうずき、もうどうにかなりそうだった。

ザックの動きが一瞬とまり、彼女は体を焼きつくしそうな情熱をなんとかしてほしくて身もだえした。

　ザックは冷静さを失った手つきでエミリーの上気した顔から髪を払いのけると、腕を彼女の体の下にすべりこませて腰をわずかに持ちあげた。

　なにかに押し広げられるような感覚が訪れたかと思うと、ザックが力強くいっきにエミリーを満たした。彼女は激痛のあまり叫び声をあげ、反射的にザックの動きをとめようと背中に爪を立てた。

　すぐさまザックは動くのをやめ、信じられないというようにエミリーを見つめた。

「エミリー？」かすれた声で尋ねられても、彼女は答えることができなかった。また激痛が走るのではないかと思うと、身動きするどころか息をするのさえ怖い。どうしてこんなに乱暴なの？　私は初めてだと言ったのに……。

　どういうわけか、ザックは今までとは打って変わって緊張していた。ためらいながら顔を近づけるとそっと唇を重ね、もう一度彼女の体に火をつけた。

「力を抜いて。二度と痛い思いはさせないから」キスをしながらつぶやく。「痛かっただろう。僕はまさか君が――」

　ザックの動きを封じるように、エミリーはまだ肩をつかんでいた。「でも私、言ったわ」

「だが、僕は信じなかった。恥ずかしいよ」

「気にしないで」ふいに先ほどまでの痛みが消え、まったく別の感覚が体の中にわきあがった。試しに腰を動かしたとたん、ザックが荒く息を吸った。

「やめたほうがいいね」

「いいえ」なにが起こっているのかわからなかったが、エミリーはザックの首に腕を巻きつけた。「やめないで。お願いだから」

長い間エミリーを見つめたあとで、ザックはそっとキスをした。「ゆっくりするからね。痛かったら言うんだよ」

胸をどきどきさせながらエミリーがもう一度腰を揺らすと、ザックは低い笑い声をたてた。

「君は喜びのために生まれてきたような女性だな。君にその喜びのすばらしさを教えることができるなんて、僕は幸せだよ」

ザックは一度体を引いてから、ふたたびエミリーの中に入った。そして彼女の顔をじっと見つめながら、腰を揺らした。

あまりにもすばらしい感覚に、エミリーは叫び声をあげ、なめらかなザックの背中に両手を這《は》わせた。今度は彼がもっと欲しかったからだった。

「あせらないで、アジズ」ザックはやさしく注意した。「二度も痛い思いはさせられないよ」

「痛くなんかないわ」エミリーはあえいだ。「ねえ、ザック、もっと……お願い」

しかし、ザックは動きを速めようとはしなかった。苦しいほどゆっくりと、まるで拷問を与えるかのように、さらに激しい欲望へと駆りたてていく。

エミリーは徐々に高まっていく感覚にすすり泣きをもらし、あえぎながら唇を重ねた。満たされないあと一歩を満たしてほしくてたまらない。

「君は僕のものだ、アジズ、僕だけのものだ」キスの合間にささやいたかと思うと、ザックは深く激しく体を動かし、欲望のままにエミリーを歓喜へと導いていった。彼女はザックの名前を何度も呼びながらクライマックスを迎えた。

エミリーは涙で喉がつまりそうになり、ぎゅっと目を閉じた。彼が呼び覚ました深い心の動きを悟られたくなかった。

セックスでこれほど思いが深まるとは、想像もしていなかった。感じたのは喜びだけではなかった。驚くほどの親密さも感じていた。

長年にわたってさいなまれてきた孤独感が、ザックと結ばれることでなぜか癒《いや》されていた。他人とこれほど強いつながりを感じたのは初めてだった。

体にのしかかる重さがいとおしいのと、この瞬間を終わらせたくないのとで、エミリーはしっかりとザックを抱きしめた。

しかし、終わりは必ずくる。ザックはエミリーを抱きしめたまま、ごろりと仰向けになった。「すばらしかったね」

エミリーは恥ずかしくてザックと目を合わせることができず、体をすり寄せて彼の汗ばんだ肌に唇を押しつけた。全身はまだうずいていた。

ザックは身動き一つしない。エミリーが思いきって目を上げると、彼は目を閉じていた。長く黒いまつげが頬に影を落としている。

エミリーは失望と同時に困惑しながら、唇を噛《か》んで体を戻した。こういう場合、男性はなにか言うものじゃないかしら？　言うことがないならともかく。

彼にとっては全然すばらしくなかったんだわ。エミリーはみじめな気持ちで思った。彼は私に失望した。これからどうなるのかしら？

エミリー・キングストンがバージンだったとは。

ザックはじっと体を横たえてエミリーが寝入るのを待った。それから彼女の腕をそっとほどいてベッドを下りると、ズボンを手にとった。

険しい表情でぐいとズボンに脚を突っこみ、エミリーが眠っているのを確認してからテントのたれ幕を上げ、暗闇《くらやみ》の中に出た。考えをまとめるためには、新鮮な空気と場所が必要だった。

護衛兵には目もくれずに夜空を見あげ、一人もの思いにふけった。いったいいつから僕は純真な人間の存在を信じなくなっていたのだろう？　人生のどの時点で、誰の言葉も信じなくなったのか？

ザックは手で顔をこすった。何度も打ち明けようとしたエミリーを思い出すと、全身の神経がずきずきする。緊張している彼女を手のこんだ芝居をしていると見なして、何度鼻であしらったことか。

ひどい罪悪感にいたたまれなくなり、ザックは自分を正当化する理由を考えた。すべて僕のせいだろうか？　そもそも、僕の提案を受け入れるバージンなんているわけがない。すんなり承知したということは、やはり彼女はふしだらな女なのだ。

それなのに、なぜ彼女はまだ純潔を保っていたのだろう？　ザックは少々困惑したものの、今まで彼女に誰かとベッドをともにする必要がなかっただけだと結論づけた。それにしても、彼女があまりにも簡単に自分を捧《ささ》げたことは驚きだが。

しかし、エミリー・キングストンはどんなことをしても兄の借金問題を片づけようと思っている。

最初は宮殿から逃げ出したが、失敗すると涙ながらに懇願したり気絶したりした。それでも僕が動じないと、大昔からの女性ならではの作戦に出た。誘惑という作戦に。

初めて宮殿を訪れた日から、彼女は僕に熱いまなざしを注いでいたじゃないか。すべては彼女の計画どおりにすすんでいるのでは？

ザックは納得できるまで理由をあげつらうと、さらに詳しい話を聞き出すつもりでテントに戻った。

だがベッドを見た瞬間、その場に釘《くぎ》づけになった。

エミリーはベッドに横たわり、ぐっすりと眠っていた。体はシルクの上掛けにおおわれ、美しい金髪が枕《まくら》の上に広がっている。彼女は頬をピンクに染め、かすかにほほえんでいた。

ザックは胸を締めつけられた。もはや違うというのに、彼女がなにも知らない純真な乙女のように見える。僕がその純真さを奪ったのに。

先ほどのことを思い出して、ザックは激しい欲望を覚えた。彼女を起こしてもう一度無《む》垢《く》な体を味わい、彼女がまだ知らないことをすべて教えたい。だが彼女と話をする前に、まずはゆっくりと冷たいシャワーを浴びよう。

ザックが向きを変えようとしたちょうどそのとき、エミリーが目を開けた。誘うように手を差し伸べて、やさしくほほえむ。

「なぜ服を着ているの？」かすれた声で尋ねた。「ベッドへ戻ってきて」

ザックは決心がつかず、立ちつくした。立ち去るべきだとわかっているのに、二人の間に流れる熱いものを断ち切ることができない。「こんな状況では、戻らないほうがいいと思う」

「どんな状況なの？」困惑した表情を浮かべて、エミリーは起きあがろうとした。ザックは歯をくいしばって自分に言い聞かせた。エミリー・キングストンは体の純潔は守っていたかもしれないが、心はそうじゃない。生まれながらにして女は手練手管を身につけていて、男を操りたいという欲求を持っているのだ。

エミリーはまだ不安そうに上掛けを握りしめている。「私が初めてだったのが理由なら――」

ザックは顎に力をこめた。「驚いたよ」

「なぜ驚くのかしら。あんなに何度も言ったのに」

しかし、僕は信じなかった。今まで女性が僕に真実を告げたことなどなかったから。

「私がだめだったのね？　だから、突然ベッドから抜け出したんでしょう」

エミリーが沈んだ表情で上掛けを握りしめているのを見て、ザックは顔色を変えた。彼女がそこまで自分を差し出したいのなら、拒絶するのは間違っている。彼はベッドへ行き、エミリーのそばに腰を下ろした。「抜け出したわけじゃない。新鮮な空気が吸いたかっただけだよ」

そして冷静になりたかった。

エミリーがかすかに頬を染めた。彼女の視線が唇に落ちるのを感じて、ザックは体をこわばらせた。そんなふうに見つめられるたび、エミリーにおおいかぶさってなにも言えなくなるまでキスしたくなる。

「私、かなり神経質になってたの」エミリーは恥ずかしそうに告白した。「でも、すばらしかったわ。あなたは私に腹をたてているの？」

シルクの上掛けがエミリーの手からすべり落ち、ザックは彼女の胸の谷間に目を奪われた。

「腹をたてたりなんてしてないさ」エミリーを安心させるとズボンを脱ぎ、迷いのない動きでもう一度体を重ねた。

すでに一度してしまったことなのだ。

うれしそうにため息をつくと、エミリーはザックに腕をまわし、脚をからめた。彼は唇を重ねながら、エミリーが欲しくてしかたなかった。金色の髪に手を差し入れるとやわらかな感触がくすぐったくて、燃えあがった欲望がさらに激しくかきたてられた。

エミリーは今度はたしかな動きでザックに両手をすべらせた。手が下に下りてきたとき、彼は低くうめいた。やさしい愛撫に、我慢しきれなくなる。

ザックは低く悪態をついたかと思うと、仰向けになってエミリーを体の上に抱きあげた。しかし、主導権をとったのはエミリーのほうだった。目を大きく見開きながら、深々とザックを受け入れる。

ザックはその大きな瞳に浮かぶ表情に魅せられた。こんなふうに愛を交わしたことがかつてあっただろうか？　いや、ない。

彼女がバージンだから、いつもと勝手が違うのだ。思春期の少年ではないのだから、我を忘れてしまわないように、ザックは懸命に歯をくいしばった。

彼は目を閉じ、このひとときを味わおうとした。ところが、エミリーがあらがうような泣き声をもらし、さらに動きを速めた。一定のリズムを刻みながら、二人はともにクライマックスへとのぼりつめていった。

エミリーがくずおれてきたとき、ザックは彼女をきつく抱きしめた。その手にはすさまじいほどの力がこもっていた。

彼が自制心を懸命に取り戻そうとした瞬間、こんなはずじゃなかったのにという思いが頭をよぎった。

9

ザックはいなかった。

エミリーははっと体を起こして、テントの中を見まわした。だが彼がどこにもいないとわかって、打ちのめされた。やっぱり、ゆうべはザックにとってすばらしいものじゃなかったんだわ。

昨夜の記憶は生々しく、エミリーは自分の奔放なふるまいを思い出して、恥ずかしさのあまりうめき声をもらして枕《まくら》に倒れこんだ。

身をよじって懇願するだろう。ザックはそう断言したのではなかったかしら。まさにその言葉どおり、エミリーは身をよじって懇願してしまった。

しかも一度ではものたりず、彼をベッドに呼び戻して、二度三度と身をよじって懇願したのだ。

あんなことをしたあと、どんな顔をして彼に会えばいいのかしら？

ゆうべの彼の反応からすると、エミリーでは兄の借金を帳消しにするには不足だと思っているに違いない。たぶん、結婚したことも後悔しているだろう。

体のあちこちが痛んだ。エミリーは風呂に入りたかったが、恥ずかしさが先に立ってテントを出ることさえ考えられなかった。

どうやってこっそりベッドから抜け出せばいいだろう、と頭を悩ませていたとき、ザックがテントのたれ幕をめくって入ってきた。シャワーを浴びてさっぱりしたらしく、すっかり身支度を整えていた。

湿り気をおびた黒髪を後ろに撫《な》でつけ、ひげもきれいにそってあり、信じられないほどハンサムに見える。エミリーは体じゅうがぞくぞくするのを感じた。

「ゆうべ、君はなにも食べなかったね。きっとおなかがすいているだろう」ザックがぱちんと指を鳴らすと、おおぜいの使用人たちがあわただしくさまざまな料理や飲み物を運びこみ、テーブルに並べた。昨日の夜テーブルにあったものは、魔法を使ったようにきれいに片づいている。

エミリーは驚きの目をみはった。私が眠っている間に、使用人たちが入ってきたに違いないわ。

使用人たちは朝食のテーブルを整えると深々と礼をして、さっと姿を消した。

ザックはベッドに歩み寄り、エミリーにガウンを手渡した。「ブルーのドレスより、これを着ているほうが落ち着くだろう」

「ありがとう」エミリーはなんとか肌を見せずにガウンを身につけ、ベッドから下りた。体じゅうの思ってもいなかったところが痛くて思わず悲鳴をあげそうになったが、喉まで出かかった声を歯をくいしばってこらえる。そして、なんとかザックに痛いのを悟られないようにテーブルへ歩いていった。

「コーヒー、いい香りね」

「コーヒーのいれ方には詳しいんだ」ザックはエミリーの隣に座った。エミリーは彼のたくましい腕に視線を落とし、心の中で思った。

あなたは愛し方にも詳しいわ。

「ゆうべのことについて、君と話し合いたい」硬い声で言う彼に、エミリーはうろたえて体をこわばらせた。

「話し合うってなにを？　あなたが勝った。それでいいでしょ」

一瞬、沈黙が流れた。「僕が勝った？」

「ええ、そういうことでしょう？　男性には支配願望っていうのがあるもの。あなたは私を身もだえさせ、懇願させることができると証明したかった。そして私はそのとおりになったわ。おめでとう。ベッドの支柱に刻むしるしがまた一つ増えたわね」

ザックは歯をくいしばった。「ゆうべのことに勝敗など関係ない」

「そうかしら？　一晩じゅう、あなたはテントから抜け出したくてしかたなかったんでしよう。ほめられたことじゃないわ」

「ゆうべまで、まさか君がバージンだとは思っていなかったんだ」

「あなたが生まれつき皮肉っぽいのは私のせいじゃないわ」エミリーは胸がどきどきするのを無視して、気楽そうに言い返した。「私の経験が乏しいとわかって、取り引きを考え直したいんでしょう。わかっているわ」

「取り引きだって？」

「ええ、まさかシーツの上でセックスの手ほどきをするはめになるとは考えてもいなかったでしょうから」エミリーは明るく言うと、深い心の傷を見せないようにじっとコーヒーカップをのぞきこんだ。「正直言って、期待はずれだったんでしょう」

その強い口調にあっけにとられて、ザックは返事をためらった。「ある意味ではそのとおりだが、それでも僕は――」

そのとき、テントの外が騒がしくなった。彼は言葉を切り、怒ったように顔を上げた。

「誰もじゃまするなと命じておいたのに」

「でも私は別よ」ハスキーな女性の声がしたかと思うと、一人の女性がたれ幕を上げてさっと入ってきた。そして期待に満ちた笑みを浮かべて、挑発するようなポーズをとった。

ザックが鋭く息を吸った。「ダニエーレ！」

ダニエーレ？　なぜザックの義姉《あね》が砂漠にいる私たちを訪ねてきたのかしら？

エミリーは二人を交互に見て、彼らが緊張しているのを感じ取った。なぜダニエーレはカクテルパーティへ行くようなドレスを着ているの？　緋色《ひいろ》のドレスはあまりにも短く、みだらなほどに太腿が露出している。突き出した唇はドレスと同じく、真っ赤だった。装いはともかく、ダニエーレが息をのむほど美しい女性であることは否定できなかった。とけたチョコレートのようにつややかで豊かな髪を片方の肩へ流し、エキゾチックな雰囲気を漂わせている。

「私に帰ってこいと言ったでしょう、ザック」義姉は妖艶《ようえん》な笑みを浮かべた。「ほら、帰ってきたわ、ただいま」

陰鬱《いんうつ》な影をおびたザックの目が光り、隠しきれない怒りをあらわにした。「宮殿へ帰れと命じたんだ」

「宮殿へ帰ったけど、あなたはいなかったんだもの」ダニエーレは誘うような女っぽい笑みを浮かべ、鼻にかかった声で答えた。

エミリーは白いタオル地のガウンを着てクッションにもたれていたが、まるで下着姿のまま意味もなく放置されているような気持ちになった。もろい自信は、いまや粉々に打ち砕かれてしまった。

「僕のためではなく、子供のために帰ってくるように言ったんだ」その声は氷のように冷たかった。

ザックにそんな口調で話されたら、エミリーなら恐怖で縮みあがっただろう。しかしダニエーレは手ごわい女性らしく、ただほほえんだだけだった。

「ジャマールが、あなたは結婚したって言ってたけど」ダニエーレは甘えるような声で言ってから、敵意に満ちた視線をエミリーに投げた。「正直言って信じられなかったわ。いろいろ考えるとね」

ザックは厳しい顔で、さっと立ちあがった。「帰ってくれ」

義姉はザックを無視して、エミリーをにらみつづけた。エミリーはその目が気になって、思わずガウンの襟をかき合わせた。

「自分は特別だなんて思わないことね。彼があなたと結婚したのは、私をこらしめるためなんだから」

それから、ダニエーレはゆっくりとザックにほほえみかけた。

「あなたの怒るのも無理ないわ。本当にじれったい思いをさせてしまったわね。私のそばにいながら、触れることもできなかったんですもの。でも、もういいの。パリにいる間に、いろいろ決心したわ」

ザックは心を動かしたふうもなく、冷たく軽蔑《けいべつ》するような表情を変えなかった。「君がなにを決心しようが興味はない」

「興味がない？　あなたに関係する決心でも？」

「勝手に決心すればいい」

「ザック……」

「帰ってくれ」

ダニエーレはエミリーに向かって眉を上げた。「彼女がいるから？　この結婚が本物じゃないってことは、みんな知っているのよ。結婚なんてできるわけないわ。私が嫉妬《しっと》するのを心配しているのなら大丈夫。あなたは健康な男性だもの、ザック。修道僧のように禁欲してほしいとは思ってないわ。彼女と結婚した理由が、私に理解できないと思っているの？」

ザックの目が警告するように光った。「ダニエーレ――」

「あなたは私の過ちをまだ罰するつもりなのね」ふいにダニエーレは目に涙をあふれさせ、手を胸にあてた。「本当にあなたを傷つけたと思うわ。でも、こんなことをして」彼女は手ぶりでエミリーを指し示した。「こんな結婚で、問題が解決すると本気で思ったの？」

エミリーはその場に凍りついた。

ザックの義姉はこの結婚が取り引きでしかないと知っているんだわ。

だがエミリーは、ザックにほかにも女性がいるかもしれないとは考えてもみなかった。そうだと知った今、なぜだかわからないが、吐き気がした。

「君は自分の道を決めたんだな、ダニエーレ。じゃあ、僕は自由に僕の道を決められるわけだ」

「もちろん、そうよ。さっきも言ったように、あなたは私をこらしめたいのよ。でも、これでおあいこね」ダニエーレはエミリーに視線を移し、あざわらうような目つきになった。「彼女はとてもかわいいけど、いつものあなたのタイプとは全然違うわね」

ザックが目を細めてエミリーを見た。「ああ」静かに同意して、熱に浮かされたように紅潮したエミリーの顔をじっと見つめる。彼の表情がいくぶんやわらいだような気がした。「僕のいつものタイプじゃないな」

ザックの声が急に感慨深くなったので、ダニエーレは軽蔑するように肩をすくめた。「あなたのお父様は、私たちが結婚することをずっと望んでいらっしゃったわ。でも、あなたは断固として花嫁を自分で選ぶつもりでいた」真っ赤にぬられた口元に不敵な笑みが浮かんだ。「あなたは主張を押し通したわね、ザック。これで私たちも次の段階へ進めるわ」

ザックは考えこむように口をつぐんでダニエーレを観察していたが、やがて深くうなずいた。「いいだろう。今日、宮殿へ戻る。このことについてはもっと早く手を打っておくべきだった。長くほったらかしにしすぎたよ」

ダニエーレは妖艶にほほえんだ。「じゃあ、宮殿で会いましょう」その甘えるような声を聞いたとたん、ザックは指をぱちんと鳴らして使用人を呼びつけた。

ダニエーレがテントを出ていくと、エミリーはほっとした。なにか言わなければと思い、懸命に笑顔を作る。「どうやら、彼女とあなたは長いつき合いみたいね」

ザックは積もりに積もった緊張感を解きほぐすようにアラビア語で何事かつぶやきながら、テントの中を行ったり来たりした。「十年前、義姉をカズバーンへ連れてきたのは僕なんだ」

「まあ、そうだったの」

「だが、そうするべきではなかったのかもしれないな」ザックは我慢の限界に達しているようだ。「僕はすぐに宮殿へ戻らないといけない」

「そうでしょうね」なんとか失望を隠して、エミリーは淡々と答えた。

私はなにを期待していたのかしら？　二人でここにいつづけること？　ゆうべのような夜を繰り返し過ごすこと？

この結婚はロマンスじゃなく、ビジネスなのよ。エミリーは寒々とした気分で自分に言い聞かせた。

次の週は、披露宴と格式ばった晩餐会《ばんさんかい》が何度も開かれた。公的な催しにはダニエーレも出席し、メイクで目元を際立たせてザックを見つめていた。

晩餐会で隣に座る以外では、エミリーはほとんどザックと顔を合わせることはなかった。

ザックは国王と行動をともにするか、シャリーフと執務室にこもっているかのどちらかだったからだ。だから昼間はジャマールと美しい中庭で遊んだり、馬で砂漠に出かけたりして過ごした。そして夜は、迷子になりそうなほど広いスイートルームに一人きりで眠った。エミリーはザックがどこで眠っているのか知らなかったが、ダニエーレのいやに満足そうな表情からすると、義姉はよく知っているのだろう。

ザック、あなたはどうして私と結婚したの？

なぜダニエーレと結婚しなかったの？

またも退屈な催しの最中、エミリーはザックの隣にかしこまって座っていたが、とうとう我慢できなくなった。ザックの左側に座っている外国の大使にわびるようにほほえんでから、夫の腕に手を置いた。「あなたに話があるの」

ザックはエミリーには一瞥《いちべつ》もくれず、ワイングラスに手を伸ばした。

彼女は歯ぎしりした。「私と離婚してちょうだい」

褐色の長い指が宙でとまった。「ディナーパーティでの会話にはふさわしくないな。そんな話は人前でしたくないね」声は氷のように冷たかった。

「人前でも、全然話さないよりはましよ。あなたは私を無視しつづけている。もういやなの。離婚したいわ」

彼は落ち着いた手つきでワイングラスをとった。「離婚はできない。僕たちは取り引きしたんだから」

「取り引きには、あなたが愛人を持つことまで入っていないわ。こんな侮辱には耐えられない」

「また僕から逃げるのかい？」

「だって、あなたがダニエーレとベッドをともにしているのは明らかだもの」

ザックは鋭く息を吸いこんだかと思うと、テーブルの客が黙りこんでいるのも意に介さずに決然と立ちあがった。そして招待客には一言の説明もしないで、エミリーの方に手を伸ばした。全員の視線がいっせいにこちらに向けられ、彼女は真っ赤になった。

ザックはまわりのざわめきなど完全に無視し、エミリーをほとんど引きずらんばかりにして部屋から連れ出した。

平身低頭してあわてて道をあける使用人や護衛兵には目もくれず、ザックは長々と続く回廊を歩き、階段を上がって、エミリーが来たことのない宮殿の一画にたどり着いた。

「ここはどこなの？」

「僕の部屋だ」ザックは勢いよくドアを開け、エミリーを引きずるようにして中へ入れた。入るなりドアというドアを閉めてから、彼女に向き直った。

「それでダニエーレがなんだって？　くだらない」

激しい怒りをたぎらせたザックの目を見て、エミリーは言葉を失い、ごくりと唾《つば》をのんだ。

ザックはとても魅力的なのに、私はひどく見苦しい。やきもちをやく理由もないのに、これではまるで嫉妬に狂った女みたい。

嫉妬するのは、その人を愛している場合だけよ。私は誰も愛したりなどしていない。そうよ――。

エミリーはぞっとして、ザックがダニエーレと過ごしていることに嫉妬を抱くもっともらしい理由を打ち消した。ザックなんて別にどうでもいいわ。

「私、思ったの」息をするのも苦しい。「宮殿へ戻ってから私たちは一緒に過ごしていないし、ダニエーレはいつもにこにこしてるし――」

ザックは眉を上げた。「ダニエーレがにこにこしていると、僕の責任になるのか?」

「あなたは彼女に嫉妬させるために、私と結婚したのでしょう?」

ザックがかすかに口元を引きしめた。「君と結婚したのは、そうしたかったからだ。それに、ダニエーレと結婚する意志はないとほのめかせるからだ」

エミリーはかすかな希望を抱いた。「あなたは私と一晩過ごした。ほら、私と眠るより、砂漠に出ていこうとした夜のことよ。けれどここに戻ってからは、ろくに会ってもいない。そして私が行く先々にはいつもダニエーレがいて、機嫌よく笑ってる。それをどう考えればいいの?」

ザックはエミリーを見つめた。黒い目には不信感がちらついていた。「君と距離をおこうとしていたと考えればいい」

予想もしていなかった答えに、エミリーは一瞬あっけにとられた。「なぜそんなことをしたの？」

「そうするのが思いやりだと思ったんだ。だが、どうやら僕は感情表現を間違えたようだ」

「そんなに距離をおこうとしなくてよかったのに」

「どれくらいだったらよかったんだい？」

エミリーは恐る恐る手を広げた。「距離がなくちゃだめなの？」

ザックは大きく息を吸いこみ、なめらかな黒髪をかきあげた。「長い一日だった。シャワーを浴びることにするよ。それからもう少し話し合おう」

大股で部屋を出ていくザックを目で追いながら、エミリーはいらだちのあまり、今にも叫び声をあげそうだった。私は話し合いがしたいわけじゃない。

どこからか聞こえてくるシャワーの音を耳にしながら、広いリビングルームを行ったり来たりする。なぜ彼は私を抱きしめなかったのかしら？

私は満たされない人生を送る運命なんだわ。エミリーがそう思って目を上げたとき、視線の先にザックが立っていた。彼は腰にタオルを巻いただけの姿だ。

エミリーの口が渇き、心臓がどきりとした。

彼女の目はザックの広い胸に釘《くぎ》づけになり、それから引きしまった腹部へと下りた。黒い巻き毛が誘うようにタオルの中へ消えている。ようやく、エミリーは視線を彼の顔に戻した。

ザックのまなざしには生々しい欲望がたぎっていた。エミリーは胸を高鳴らせながら、彼に近づいた。

ザックは鋭く息を吸った。「一緒に夜を過ごしたあと、君はとてもよそよそしかった。僕は軽率だったよ。君に痛い思いをさせるなんて」

「だから、私から遠ざかっていたの？」

「君にどう思われるかはともかく、初めてだったということに僕は驚いた。腹も立った」ザックはかすれた声で言って、エミリーのむき出しの肩にかかる髪を払った。「そんな大切なものを軽々しく差し出した君にね。そして君を信じなかった自分にも。君はもっといい思いをするべき人だ」

いい思い？　あれ以上どういい思いができるの？

「気にしないで、ザック」エミリーが胸に手を置いたとたん、ザックはびくっと体をこわばらせた。

彼は私に触れるのが怖いんだわ。つまり、私が主導権を握らなければいけないってことね。

無言のまま、エミリーはザックのたくましい肩に唇を押しつけた。そして肌の熱さを味わうように舌でつついた。一瞬緊張が張りつめたが、彼が低いうなり声をあげてエミリーを引き寄せた。

炎のように情熱的なキスに、エミリーは安堵《あんど》のすすり泣きをもらした。砂漠での夜のように愛してほしくてたまらなかった。

贅沢《ぜいたく》に生地を使ったドレスが床にすべりおち、シルクの下着だけを身につけた姿になる。「ドレス姿も美しかったが、やっぱり服を着ていない君のほうが好きだな」喜びと称賛をこめたまなざしを注ぎながら、ザックはかすれた声で言った。

エミリーはいつになく大胆な気分になって、ザックの腰に巻かれたタオルをぐいと引っぱった。タオルがはらりと床に落ち、ザックがセクシーなほほえみを浮かべる。エミリーを抱きあげて大きなベッドまで運ぶと、そっと横たえて体を重ねた。男らしく、自制のきいた動作だった。

エミリーの全身が期待でうずいた。やわらかな胸の先をザックの唇にとらえられ、あえぎ声をもらす。まるで花火が打ち上げられたような感覚が全身を貫き、彼女は背中を弓なりにした。興奮した体が押しつけられると、苦しげに彼を求めて腰を揺らした。

「せっかちだな、いとしい人《アジーズ》」エミリーの震える体に熱いキスを降らせながら、ザックがうめいた。「僕が君を欲しいのと同じくらい、君が僕を欲しがってくれてうれしいよ。君を別の部屋に置いたのは、僕の部屋にいたら触れないでいられるかどうか、わからなかったからだ」

「私は触れてほしかったのに」ザックが興奮をかきたてるなか、エミリーは身をよじり、息を切らしながら告げた。「ザック、どうか――」

「だめだ」ザックは低くうなるように言うと、頭を上げてエミリーを見つめた。彼の息も荒い。「この前は君を傷つけた。もうあんな目にはあわせない」

そして愛撫《あいぶ》を続け、想像もつかないほどの高みへと彼女をいざなっていく。しかし体は熱くなる一方なのに、最高の喜びが与えられることはなかった。エミリーがザックの張りつめた体に手を伸ばすと、彼はさっと緊張した。

「ザック、お願い」エミリーはすすり泣きながら懇願した。「あなたが欲しいの」

「君の感じる姿を見るのが好きだ。君のこんな姿を見たことがある男が、僕一人だなんて」

ザックの声はかすかに震えていた。だがエミリーは興奮のあまり、自らのうずく欲望と彼の体が押しつけられていることしか考えられなかった。ザックがそっと体を押し進めたとき、彼女は息をのんだ。ザックはエミリーの腰を持ちあげ、さらに体を進める。今度はあまりやさしくはなかった。全身に力をこめて深く押し入り、完璧《かんぺき》に彼女を満たした。

エミリーは叫び声をあげ、もっと深く結ばれたくて本能的に腰に脚を巻きつけた。ザックの男らしさを感じながら、ずっと切望していたはるかな極みへと舞いあがっていく。「いい感じだ」欲望に満ちた声で言うと、ザックはふたたびキスをした。舌と舌がエロチックにからみ合い、二人の欲望をいっそうかきたてる。

エミリーはザックの背中に腕をまわし、汗ばんだたくましい筋肉がうねるさまに酔いしれた。もうザック以外のことは頭になかった。信じられないほどの絆《きずな》を感じ、彼が欲しくてたまらなかった。

嵐《あらし》のように激しいクライマックスが訪れた。エミリーは激しい喜びに圧倒され、何度も何度もザックの名を叫んだ。それから彼が荒いうめき声をもらし、自らを解き放つのを感じた。

放心したエミリーは息を切らしながらザックとともに横たわり、普通の状態に戻るのを待った。体じゅうがうずき、まだ彼と結ばれているのを感じる。彼女は永遠にこのままでいたいと思った。

「君はすばらしいよ、アジズ」ザックはエミリーを抱き寄せ、ぐるりと仰向けになった。エミリーはほてった頬を彼に押しあて、汗ばんだ肌と規則正しい鼓動を感じた。

あふれる感情に圧倒されて息もできず、エミリーはザックにしがみついた。そのとき突然、脳裏にネオンサインのように真実がひらめいた。

ザックとダニエーレの関係が気になった理由が。

エミリーは八百万ポンドのためにザックと結婚したのではなかった。兄のために結婚したのでもない。

エミリーはエミリーのために結婚したのだ。なぜならザックを愛しているのだから。

10

翌朝エミリーが目覚めると、ザックは男らしさがさらに際立つような黒っぽいスーツに身を包み、すでに身支度を終えていた。

「ゆうべの会話のけりをつける必要があるね」ザックの声は穏やかだった。「前もって注意しておけばよかったんだが、ダニエーレは実に手練手管に長《た》けた女性なんだ。彼女にだまされてはいけないよ」

昨夜ザックがほとんど眠らせてくれなかったおかげで、エミリーはまだ頭がぼうっとしていたが、懸命に体を起こした。

「あなたが女性を信じられないのは、彼女のせいなの？ 彼女にだまされたことがあるの？」

「ダニエーレに限ったことじゃないさ。女性はみんな、僕に対して色目を使う。いつもなにかを欲しがり、金や権力に目の色を変える。下心のない女性には今まで会ったことがないよ」

言われてみればザックの話ももっともだと思い、エミリーは気持ちが沈んだ。どうすればそれほどまで不信感と皮肉に満ちた人間になれるのだろう？「どこへ行くつもり？」

「仕事があるんだ」ザックはかすれた声で告げた。「そのせいでちゃんとしたハネムーンにも行けないのはよくわかっている。全部片がついたら、またオアシスへ行って、二人きりで過ごそう。今度は誰にもじゃまはさせないよ」

オアシスと聞いただけで、エミリーは体がとろけそうになり、急に息が苦しくなった。彼女の心を読んだように、ザックが肉食獣のような笑みを浮かべる。「あの夜は特別だったよ、いとしい人《アジズ》。僕の都合がつきしだい、すぐに出かけよう」

ふいにエミリーはザックの生活がどんなに制限されたもので、自分がどんなに彼について知らないかということに気づいた。「ザック、私たちの結婚のことだけど――」

「結婚については、これ以上話したくない。ゆうべの君は取り乱していた。その話は二度と口にするな」それが離婚したいというエミリーに対するザックの返事だった。

「で、でも、私を愛していないのに、結婚がうまくいくわけないでしょう？」

「結婚は、愛があればうまくいくというものではない。だから結婚を法律上は婚姻、つまり結婚の契約と呼ぶんだ」

婚姻？　ザックは私の少女のころからの夢を、法律用語で呼ぶのね。

エミリーはどうにもならないいらだちを感じながら、ザックを見つめた。

愛について、あなたはなにもわかっていないのね。

でも、私が愛を教えてあげられるかもしれない。ひょっとしたら、時間をかければ皮肉な女性観も消してあげられるかも。

宮殿にいる間、エミリーはほとんどの時間をジャマールと遊んで過ごした。新しい子守りはやさしい女の子だったが、ジャマールはいつもエミリーから離れなかった。そんな幼児の相手をするのは願ってもない幸せだった。ダニエーレはといえば、ザックが晩餐会《ばんさんかい》の席からエミリーを引きずるように連れ出した夜以来、姿が見えない。

ザックは自分の部屋を朝早く出ると、夜遅くまで帰ってこなかった。エミリーが寝入ったあとに戻ってくることもしばしばだった。険しい顔つきからしてむずかしい問題が持ちあがっているらしいのはわかったが、なにかまずいことがあるのと尋ねても、ザックは顔をしかめて話題を変えるだけだった。

私がパートナーになれるのは、ベッドの中だけなのね。

ザックの部屋で愛し合って以来、毎夜彼はエミリーと一緒に眠った。彼の愛し方はあまりにも激しく情熱的なので、エミリーはかなり日が高くなってから目覚めることもめずらしくなかった。実際、ザックには驚かされっぱなしだ。遅くまで山のような仕事をこなしたうえに、夜はほとんど眠ることなくエミリーと愛し合い、朝になるとさわやかにベッドから出ていく。残された彼女は、ぐったりとした体を癒《いや》すために眠りにつくのだった。

二人が幸せなことは誰の目にも明らかだった。

あるひどく長い宴会のあと、一人の女性が近づいてきてエミリーにキスをし、何事か言った。

エミリーは通訳してもらおうとザックの方を見た。

「僕たちの間には元気な赤ちゃんが何人も生まれる、と言ったんだよ」

エミリーはごくりと唾《つば》をのんだ。「子供についてはまだ話していなかったわね」

「一般的に子供は結婚の自然な副産物と考えられているから、話し合う必要はないと思ったんだ」

結婚の副産物ですって？　子供のことを物みたいに言うなんて。「結婚と子供をそんなふうに考えるのは不謹慎だわ」

「不謹慎なものか。現実的なだけだ。僕がそういう考え方をすることを、君は喜ぶべきだよ。だからこそ僕たちは今、ここにこうしているんだから」ザックは楽しげだった。

「堅く考えないで。君はおとぎ話にあこがれていたんだろう。結局、プリンスをつかまえたじゃないか」

ものすごく皮肉なプリンスをね。

結婚は契約だとか、子供は結婚の副産物だとかいう言い草を聞いて、エミリーはますます、ザックがまったくロマンスというものを理解できないのを実感した。

「君はまだおとぎ話を信じたいようだけど、大事なのは現実なんだよ。僕たちの結婚はうまくいくさ。感情的なもつれがないからね。君は子供が好きだと言ったが、僕も結婚相手にはそういう人をと思っていた。君が知っている男は僕だけだというのもおおいに気に入っているしね」

なんというエゴの塊かしら。

彼が本気でそう信じていることに、エミリーは救いようのない不満を感じた。

宮殿へ戻ってから数週間後のある日、エミリーはザックの部屋で本を読んでいた。そこへザックが入ってきて、彼女に向けて小さな箱を振った。

エミリーはいぶかしげな表情をした。「なあに?」

「僕がロマンチックになれる証拠だよ。開けてごらん」一人悦に入ったように瞳をきらめかせて、エミリーをせかす。「先祖伝来の家宝の中から、僕が選んだんだ」

エミリーはプレゼントにどんな特別な意味があるのかきこうとして、思いとどまった。ザックには女性にいくらでも贈り物ができるほどの富がある。あれこれ深く考えず箱を開けたとたん、彼女は喜びの声をあげた。箱の中にはハート形のペンダントが入っていた。美しいダイヤモンドが光を反射して、まばゆいばかりにきらめいている。「まあ!」

ザックはペンダントを箱から取り出し、エミリーの首にかけてから、満足そうに口元をほころばせた。「これはめずらしいダイヤモンドなんだよ。僕の曽祖父《そうそふ》が結婚式の日に妻に贈ったものなんだ。曽祖父は彼女をとても愛していたから」

じゃあ、なぜそれを私にくれるの？　愛しているからじゃないとしても、まだ私に興味が……。

「きれいだわ」ダイヤモンドに触れながら、エミリーは鏡をのぞきこんだ。「ありがとう」

ザックが低くうめき、エミリーは振り向いた。彼は上気したエミリーの顔から髪をやさしく払った。「君のすべてを僕のものにしたい」セクシーな約束に満ちたキスに、エミリーの脚から力が抜けた。「午後、オアシスへ行こう。これ以上は待てない」

「でも、あなたは仕事が——」

「あとまわしにすればいい。もう自分の妻から離れていたくない。できるだけすぐに出かけよう」

「でも……」エミリーは唇を噛《か》んで、懇願するような目をザックに向けた。「ジャマールを残していきたくないわ。ダニエーレは全然あの子と一緒にいないようだから」

ザックは苦笑いを浮かべた。「君があの子を連れていきたいのならかまわないよ。ジャマールと子守りも一緒に連れていこう」ザックはそっとエミリーの頬を撫《な》でた。「君はとても忙しくなるだろうな、アジズ」

午後遅くに、一行はオアシスに着いた。おおぜいの使用人たちが準備を整えてくれたおかげだ。

すぐに食事が並べられた。エミリーはジャマールに食事をさせ、風呂に入れて、物語を読んでやった。それからやっとベッドルームになっているテントに戻った。中へ入っただけで、エミリーの頬は熱くなった。前にここで過ごしたときの記憶がありありとよみがえり、ベッドを見ただけで体が高ぶった。

ザックはテーブルに座って書類をめくっていた。集中しているのか、ハンサムな顔をしかめている。

愛されていないとわかっていても、今のような彼を見ていると、エミリーはどういうわけか満ちたりた気分になるのだった。

「ここにはどのくらい滞在するつもり?」エミリーが尋ねると、ザックは顔を上げて目を細めた。

「砂漠が好きじゃないのか?」

「大好きよ」

「よかった」ザックは手の甲でエミリーの頬を撫でながら言った。「ここは僕にとって特別な場所なんだ。祖先の生まれた土地であり、僕の心のふるさとでもある。君が初めて僕にすべてを捧《ささ》げてくれた場所でもあるしね。あの夜のことは頭に焼きついて忘れられないよ」

私の頭にも焼きついているわ。

エミリーは恥ずかしそうにほほえんだ。「ここにはどのくらいいられるの？　明日、ジャマールは馬に乗りたいんですって。あなたも来る？」

ザックの顔にゆっくりと笑みが広がった。「君は臆病《おくびょう》だな、エミリー。ベッドでは奔放に乱れて僕を求めるのに、日の光の下では顔を赤らめて床や天井ばかり見ているんだから——僕以外のものを」

それはありのままの自分をさらけ出すのが怖いからだ。暗闇《くらやみ》の中なら、昼間は口にできない言葉でも言うことができる。

「日中はあまり会うことがないじゃない」エミリーは努めて軽い口調で指摘した。「あなたは仕事だし」

「だが、今は仕事中じゃない。僕は妻のことをもっと知りたいんだ」

「たいていの人は、結婚前によく知り合っているものよ」

ザックは皮肉めいた笑みを浮かべた。「そうは思わないな。人はよく知り合ったつもりで結婚するが、そのうちいろいろなことに気づいて幻滅するんだ。結婚するまでは取りつくろっていられても、化けの皮はいつかはがれるものだからね」

エミリーはごくりと唾をのんだ。「あなたはまだ、私が兄のしたことを知っていたと思っているのね。私の言葉は嘘《うそ》だったと」

「そんなことはどうでもいいさ」ザックは額にしわを寄せてそっけなく肩をすくめた。「僕たちはそれぞれ理由があって結婚したんだよ、エミリー。僕もそれで満足しているし、君も満足している。これ以上話すことはないだろう」

だが、エミリーは話したかった。彼に信じてほしかった。しかし、プリンスという地位にあるザックは人をすぐに疑ってかかる。本当のことをわかってほしくても、彼の女性への不信感はあまりにも根深くてどうすることもできない。「あなたは、誰かに愛されることなんてありえないと思っているのね」

「僕の立場では、愛のある結婚など期待できない。愛が存在するかどうかもわからないな」

エミリーは失望を顔に出さないようにした。「今まで誰も愛したことがないの?」

ザックは首を横に振った。「でも、君だってそうだろう。でなければ、僕がベッドに誘うまでバージンってことはなかっただろうから」

「私は未来の夫を待っていたの」

「そして僕に出会った」

たしかに、あなたは私が待っていた男性。でも、そんなことを言うわけにはいかない。

エミリーはザックに心を読まれたくなくて目を伏せた。

二日目からは同じような日が続いた。朝、遅い時間に二人で起き出し、馬や車で砂漠へ出かける。ジャマールと遊び、食事をして、夜更けまで話をする。

それから、ベッドへ入る。

エミリーにとって、このうえなく幸せな毎日だった。

彼が私を愛していないからって、どうだというの？　ザックは驚くほどやさしく思いやり深くふるまってくれている。私を喜ばせようと、毎日小さな贈り物もくれる。ザックは一緒にいてとても楽しい人だ。とても頭がよく、そのうえおもしろくて魅力的。彼のそばにいられるだけでうれしい。

二人で過ごしているうち、ザックは徐々にいろいろ話してくれるようになった。エミリーは、ザックが子供のころから耐えきれないほどの重圧を感じていたことを知った。

ザックが仕事でいないときは、エミリーはジャマールと馬に乗った。

「ザック叔父さんが、遠くへ行かなければ砂漠へ行ってもかまわないって言ったよ。仕事が終わったら、僕たちを追いかけてくるって」

ある日ジャマールはそう言い、ポニーの腹を蹴《け》って駆け出した。

「ほら、あっち」ジャマールが遠くの方を身ぶりで示した。「洞穴《ほらあな》があるんだ。あそこはとても深くて、一番奥まで行った人はいないんだって」

エミリーはぶるっと身震いした。「あなたは暗いところが嫌いだったんじゃないの？」

「宮殿の中では嫌いだけど、砂漠は違うよ。僕、洞穴へ行きたいな。いつか一人で馬に乗って、一番奥まで探検するんだ」

「だめよ。ザックと一緒に行きなさいね」

頃合《ころあい》を見はからったように、二人の耳にとどろくような蹄《ひづめ》の音が聞こえた。ザックが興奮したサハラにまたがり、こちらへ全速力で駆けてきた。

ジャマールはぱっと顔を輝かせた。「洞穴へ行こうよ、ザック叔父さん」

「今日はだめだ」ザックは暮れていく空を見あげて、眉をひそめた。「もう遅いし、あそこは遠い。また別の日にしよう」

「でも、僕、行きたいよ」

「きっと行こう」ザックは約束した。「別の日にね」

ジャマールは涙で顔をくしゃくしゃにしたかと思うといきなりポニーに蹴りを入れ、帰り道とは逆方向に駆け出していった。

ザックはいらだちをこめてため息をついた。「僕はジャマールの頼みごとという頼みごとを、すべて〝だめだ〟と言う運命にあるらしい」その愚痴を聞いて、エミリーはほほえんだ。

「五歳児ってあんなものよ。なにかしてみたくてしょうがないの。ジャマールはすばらしい子だわ。やさしくて、人なつこくて、元気で、好奇心も旺盛《おうせい》だし」彼女は地平線を見つめ、砂丘が光を反射しているのを見てにっこりした。「子供のころ、よく浜辺で遊んだわ。ここは海のない広い浜辺みたいね」

ザックはほほえみ返さなかった。考えこむように眉根を寄せてエミリーを見つめていたが、くるりとサハラの向きを変えてジャマールを追いかけた。

エミリーはザックより遅い速度であとを追いながら、なぜザックは顔をしかめていたのかしらといぶかしんだ。

だが、彼に尋ねるひまはなかった。二人はジャマールに追いつくと、馬を走らせることに夢中になったからだ。全速力で馬を駆るのがあまりに楽しくて、先ほどの疑問も頭から吹き飛んだ。

その夜の夕食の席で、エミリーは今まで人には話したことのない事柄までザックに語った。両親を亡くしたあとの寂しかった子供時代について。パローマとピーターの仲を考えて、家を出たことについて。ザックはためらいながら話すエミリーをじっと見つめながら、熱心に耳を傾けた。

夕食のあとで、二人はベッドへ行った。ザックの愛し方はいつもより穏やかで、なにかが違っていた。

エミリーはザックにぴったりと寄り添い、胸に手をあてた。彼の鼓動が伝わってくる。

「もう寂しいなんて言わないでくれ、アジズ」

「寂しくなんてないわ」ザックの体の感触を全身で感じながら、エミリーは静かに言った。あなたはすでに私の一部だもの。エミリーは目を閉じ、心の痛みに耐える準備をした。私は苦しむことになるに違いない。それが夫に愛されていない妻がたどる運命だから。


ザックは眠っているエミリーを見つめながら、胸が締めつけられるのを感じた。女性に心を動かされることなどなかったが、エミリーのそばにいると気持ちが揺れる。彼女とはベッドをともにしているだけだ。ザックはズボンをはきながら、自分に言い聞かせた。信じられないほどの喜びに満ちているが、しょせんはただのセックスにすぎない。ザックは新鮮な空気を吸おうとテントの出口に向かった。だがなにかに引かれたように振り返り、またもやエミリーの姿に目が吸い寄せられた。

いつものように乱れた金髪が枕《まくら》に広がっているけれど、なめらかな頬が少し日焼けしている。

ザックは顔をしかめて、エミリーにもっとちゃんと帽子をかぶるように言おうと心に決めた。砂漠の太陽を軽くみているとどんなことになるかは、骨身に染みてわかっている。

彼女はまるで眠れるプリンセスのようだった。ザックはこの数週間で知ったエミリーの寂しい境遇を思い出して、唇を引き結んだ。

彼女はなんて寂しい子供時代を過ごしたのだろう。今までほとんど愛情を知らずに過ごしてきたのなら、プリンスやお城を夢見ても無理はない。

僕はきっと彼女をがっかりさせたのだろうが。

ロマンスを夢見ていたのに、ビジネスのような取り引きを持ちかけられたのだから。

ビジネス……。ザックの思考がとまった。目でエミリーのなだらかな腰をなぞる。

ビジネスなんかじゃない。

ザックははっと息をのんだ。真実を認めざるをえなかった。エミリーがどんなつもりでも、僕は彼女に恋をしている。

だとすると、かなり厄介なことになる。彼女は僕に恋してなどいないのだから。彼女は兄の借金のために結婚を承知したにすぎない。僕とベッドをともにしているからといって、精神的に追いつめられて結婚したことに変わりはないのだ。

ザックは不満のこもったうめき声をのみこんだ。

人生で初めて恋に落ちたというのに、相手はただただ僕から逃げ出したがっている。なんて皮肉なめぐり合わせだろう。

しかし、彼女は僕と結婚している。つまり、二人は毎日一緒にいられる。だから僕が彼女を愛しているように、彼女も僕を愛するようにさせればいい。

さっそく明日からそうしよう。

翌朝、二人が朝食をとっているとき、テントの外が騒がしくなった。

ザックは眉根を寄せて目を上げ、エミリーは落ちこんだ。まさかダニエーレ？

ところが驚いたことに、テントのたれ幕を上げて入ってきたのは兄のピーターだった。

「兄さん？」エミリーは目をみはった。彼女はうれしさのあまり叫んで立ちあがり、両手を広げて兄に駆け寄った。「ああ、兄さん、兄さん、心配していたのよ」

「エム……」ピーターの声はかすかにかすれていた。

エミリーはわっと泣きだし、ピーターを抱きしめた。

そして兄を見つめ、顔を曇らせた。

「兄さん、やせたわね」涙をこらえながら言う。「今までどこにいたの？」

「エム……」ピーターは妹を見つめ、首を振った。「おまえが引きとめられていたとは思わなかったよ」

「私、何度も何度も兄さんに電話したのよ」

ピーターはうめき声をもらし、一瞬目をぎゅっとつぶった。「だが、僕はいなかった。すまない」

「どこにいたの？　どこかへ行くって、どうして言ってくれなかったの？　病気だったの？」

ピーターは顔をこわばらせて体を引いた。「病気だったわけじゃない」妹に抱きしめられたまま、ものすごい形相でザックをにらむ。「あなたが妹を帰さなかったのか」

ザックは身じろぎもしなかった。いつものように自信に満ちた態度と、冷静そのものの表情で、なりゆきを眺めている。「当然だ」

ピーターが拳《こぶし》を振りあげて一歩前に出た。とたんに武装した護衛兵がテントの中になだれこんできて、彼を取り押さえた。

「やめて！」エミリーは護衛兵を見て怖くなった。「兄を放して、ザック」

エミリーは哀願するように夫に向かって両手を差し伸べた。ザックは手を上げて、護衛兵を引きさがらせた。

「ザックだって？」ピーターは信じられないというように妹とプリンスを交互に見てから、さげすむように笑った。「すると本当だったんだな。カズバーンに着いたときに、二人が結婚したという噂《うわさ》は耳にしたよ」

ザックは無表情のままだった。「エミリーは僕の妻だ」

ピーターは苦しげにうなり、両手で顔をおおった。「信じられない。まさか妹を妻にしてしまうなんて」手を下ろしたとき、その顔には激しい後悔と非難の表情が浮かんでいた。

「あなたが捕らえたいのはこの僕だろう。あなたに金を借りているのは僕だ。妹はあなたの好みのタイプじゃないだろうに」ピーターは手で顔をこすり、長いため息をもらした。

「妹は汚れのない女性なんだぞ。間違いを犯したのは僕なのに、妹をこらしめるなんて」

エミリーはピーターの腕をつかんだ。「兄さん、聞いてちょうだい」

「身代わりに妹をよこしたのは君ではないか」ザックはピーターをにらみつけ、冷たく厳しい声で言い返した。「君が僕に彼女を与えたのだ」

「妹を行かせたのは、僕からの伝言を伝えるためだ」ピーターは息も荒く、エミリーは心配になった。

「伝言は聞いた」ザックはピーターの苦しげな顔をじっと見つめ、静かに言った。

「それなのに、妹を帰さなかったのか」

「彼女は僕の担保だからな」

「担保だと」ピーターはまたうめいた。「エミリーのようななんの罪もない若い女性を――」

「なんの罪もないわけじゃない」ザックは厳しい声で言った。「彼女はずっと君をかばいつづけたし、借金に対しても良心の呵責《かしやく》を覚えていなかった」

「妹が僕を弁護したのは、僕がたった一人の肉親だからなのに。妹はそういう女性なんだ」ピーターは歯をくいしばった。「エミリーは借金についてなにも知らなかった。僕が下手な投資をしたせいで利益を得られなかったとしか知らせていなかったんだ。金をなくしたことは教えなかった。そんなことを妹に言えるわけがない」

痛いほどの沈黙が流れた。ザックはいつになく黙りこみ、身動き一つしないでピーターの言葉を考えていた。

「では、なぜ妹を代わりによこす気になった?」突然、ザックは体をこわばらせて問いつめた。「僕が帰すはずがないとわかっていながら」

ピーターがつらそうに息を吐いた。「妹はまったく無関係だと、あなたなら見抜いてくれると思っていた。エミリーはみんなから誠実だと思われているし、おとぎ話のような結末を夢見ている女性だから。妹は小さな子供を教えていて、自分でも子供をたくさん欲しがっている。間違ったことなど一度たりともしたことはない。あなたはそれをわかってくれると思っていた」

ザックはエミリーに目をやり、一瞬奇妙な表情を浮かべた。「君には気の毒だが、僕は今まで誠実な女性に会ったことがない。だからそういう人に出会っても、見抜けなかった。気づくのが遅すぎたよ」

ザックの視線はじっとエミリーに注がれていた。彼女の鼓動は苦しいほどに乱れた。

ピーターがうめいた。「あれは僕の借金なのに」

不安そうな兄の顔なんて見ていられないと、エミリーは駆け寄って彼の手をとり、借金について安心させようとした。「ザックはあの借金を帳消しにしてくれたのよ、兄さん。もうお金を払わなくてもいいの」

ピーターはわけがわからずぽかんとしたあとで、首を振った。「なんてことだ！」ザックに目をやってから、妹へと戻す。「だから結婚したんだな？　借金を帳消しにしてもらうために結婚したとは」

「兄さん、お願いだから……」

「おまえにとってそんな結婚がどういうものかはわかっているさ」ピーターはエミリーの手をしっかり握り、ザックを一瞥《いちべつ》して軽蔑《けいべつ》したように笑った。「妹の肉親は僕だけだ。たしかに寂しい身の上かもしれない。だから今までずっと、妹は愛する夫と子供のいる幸せな家庭を夢見てきた」

「兄さん、やめて」エミリーはピーターをとめようとしたが、彼は振り向きもせず、ザックをにらみつけた。

「兄の僕に直接話してくれたわけじゃないが、妹が純潔を守っているのは知っていた。たった一人の男性にめぐり合うのを待っていたことも。妹は愛を夢見ていたのに。あなたは妹に愛など抱いていないだろう？」

「兄さん、もうやめて。プリンスとの結婚は私が決めたことなの。誰に強制されたわけでもないわ」

ピーターはかぶりを振った。「僕にはわかっているよ、エム」自責の念を顔ににじませ、苦しげに言った。「カズバーンにいる間に、君が何度も逃亡をくわだてたという話を聞いた。僕と連絡をとりたくて、電話したのも知っている。電話に出られなくてすまなかった。もう一人にはしないよ」彼はザックをにらみつけた。「妹は連れて帰る。こんな見せかけの結婚を続けさせるわけにはいかない」

エミリーはごくりと唾をのんだ。「兄さん」おずおずと呼びかける。「今ではここが私の家庭なの」

「金のためにそう言っているんだね。だが、もう心配はいらない。僕は間違いを犯したが、まだまだ仕事の腕は鈍っていない。借金は利息をつけて全額用意できている。だからもう家に帰れるんだよ」

エミリーは眉をひそめた。「お金ができたの？」

ピーターはおかしそうに笑った。「なぜ八百万ポンドも金を使いこんだのか、尋ねてくれないのかい？」挑むような目をザックに向ける。「どうだ？　妹の僕に対する愛は絶対だから、理由などわざわざ尋ねたりしないんだ」

「妹さんの人柄のよさはよくわかっている。今さら君に教えてもらうまでもない」

ピーターは肩をそびやかした。「じゃあ、妹とは離婚してもらおう」

ザックはエミリーをちらっと見た。頬が引きつっている。「もし彼女が望むのなら」

エミリーは胃がねじれるような気がした。ザックと離婚したくない。だがその気持ちを兄に伝えるには、ザックに対する愛を打ち明けなくてはいけない。

幸い、ザックの側にもエミリーと離婚できない理由がある。ザックはダニエーレを寄せつけないために、エミリーを必要としている。ザックには妻が必要なのだ。

兄と二人きりになるまでは、すべてを打ち明けまいとエミリーは思った。「それで、どうしてお金が必要だったの、兄さん？　義姉《ねえ》さんはどこにいるの？」

ピーターは体をこわばらせた。「パローマは入院しているんだ」ちらりと妹に目をやると、ふっと疲れをにじませた顔で説明した。「おまえがカズバーンへ発《た》った日からね」

「入院？」エミリーはショックと心配がまざった表情を浮かべた。「でもどうして？」

ピーターは言いよどんだ。「うつ病の一種かな。そのせいでお金を湯水のように使っていたんだ。そのうえ、万引きまでしていた」

エミリーは息をのんだ。「お金を使ったのはパローマだったの？」

「僕の知らない間に、借金はふくれあがっていた。とんでもない額にまでね。おまえを空港へ送っていったあの日、パローマは万引きで逮捕された。僕は警察へ行って彼女を保釈してもらわなければならなかったから、カズバーンへ行こうにも行けなかったんだよ。彼女をほうってはおけなかったんだ」

「ええ、わかるわ。それでどうなったの？」

ピーターはため息をついた。「逮捕をきっかけにして、彼女はすっかりおかしくなってしまった。ある精神的な病気にかかっていたので警察から入院の許可をもらい、病院に入っている。僕は彼女につき添っていた。そして彼女が眠っている間に、株式市場で勝負した」そこでザックを振り返った。「実にうまくいったよ。金はあなたの預金口座に振りこんである。たしかに、僕は国のみなさんのたくわえを使いこんだ。しかし、あのときは必死だったんだ」

エミリーはピーターを見つめたまま言った。「義姉さんはよくなっているの？」

「医者によればね。だが、長くかかりそうだ。僕は彼女のところへ戻らないと」ピーターはまた視線をザックへやった。「妹も一緒に連れて帰る」

「兄さん、待って」エミリーが言葉を続けようとしたとき、テントのたれ幕が引かれ、男たちがおおぜい入ってきてザックの前で深々と礼をした。

エミリーに男たちの言葉はわからなかったが、ザックが険しい顔をしているところを見ると、深刻な問題が持ちあがったのは明らかだった。

ザックが口を開いた。取り巻きたちが興奮しているのに対して、彼の声は落ち着いていた。「今日は家族の問題が起こる日らしい」エミリーをちらりと見る。「ダニエーレが宮殿を出てフランスへ帰ったそうだ。そこで知り合った男性と一緒にね」

エミリーははっと息をのんだ。「でも、ジャマールが……」

「彼女は我が子を捨てて新しい生活を選んだ。僕はすぐに戻らなくてはならない。このゴシップは世間にすぐ伝わるだろうし、父の精神的負担をできる限りくいとめたいから」

ダニエーレがいなくなった？　ということは——。

エミリーは激しく動揺した。ダニエーレを避けるために、ザックは私と結婚した。彼女がいなくなれば、私と結婚している理由がなくなる。

「ザック」エミリーはザックと二人で話したくて手を差し出したが、彼はすでに背を向けてテントの出口へ向かっていた。

「君の帰りの車や飛行機は僕が手配しておく。いったん宮殿へ戻り、それからイギリスへ帰ればいい」ザックは肩越しにそう言い残すと、たれ幕を上げてテントを出ていった。

行ってしまう。

エミリーは絶望感に打ちのめされながらザックの背を目で追っていたが、ふいにあとを追いかけようとした。「ザック！」

「エム、待つんだ」ピーターが彼女の腕をつかみ、安堵《あんど》の表情を浮かべた。「あの男が言っただろう。おまえはイギリスへ帰っていいって」

「でも、私は帰りたくないの」エミリーは兄の手を振りほどいたが、胸の中はみじめな思いでいっぱいだった。「私はザックを愛している。だから、彼との結婚生活を続けたいの」

「彼を愛しているだって？」ピーターはあっけにとられた。「しかし、おまえはあの男に無理に結婚させられたんだろう」

「彼を愛しているから結婚したのよ。彼が私を愛していないのはわかっている。でも、そんなことは気にならなかった。今だって気にしていないわ」

ピーターはまじまじと妹を見つめた。「なんと言えばいいのか」

エミリーは弱々しくほほえんだ。「なにも言わなくていいわ。ザックには私と結婚する理由があったんだけど、それも今はなくなってしまった。だから、喜んで離婚に承知したのよ」

その言葉を口にするだけでも、エミリーは耐えられないほどつらかった。

「すまなかった」

「兄さんのせいじゃないわ。兄さんがここへ来ても来なくても、ダニエーレは出ていったでしょうし、そうしたらザックはきっと私をほうり出したに違いないもの」

私たちの結婚はただの取り引きだったんだもの。

ピーターは首を振った。「つまり、おまえは僕と帰るのか帰らないのか、どっちだい?」

エミリーは決心した。「やっぱり、一緒に行くわけにはいかないわ。ジャマールという名前の小さな男の子がいて、その子には私が必要なの。兄さんは帰ってちょうだい。私はまだすることがあるから」

11

「エミリー、朝のうちに馬で砂漠へ行かない？」ジャマールがベッドで跳びはねるので、エミリーは仕方なく目を開けた。

ザックからはなんの連絡もなかった。この三日間、エミリーはほとんど眠れず、あれこれ考えては落ちこんでいた。ザックは帰ってきそうもない。エミリーが兄と帰るものと思いこんでいるのだろう。

結婚の契約は終了したんだわ。

心に広がる深い絶望感を振り払うように、エミリーはジャマールにほほえみかけた。

「もちろんよ。馬で砂漠へ行きましょう。着替えるわね」

少なくとも馬に乗っている間は、さまざまな悩みごとを忘れることができる。

遅かれ早かれ使いの者がやってきて、ジャマールを宮殿へ連れて帰るのはわかっていた。そうなれば、エミリーがここにいる理由もなくなる。

そのときまで、砂漠での生活を楽しもう。ザックとの愛の思い出の地になった砂漠の生活を。

エミリーはすばやく着替えて、ジャマールを厩舎《きゅうしゃ》へ連れていった。

「洞穴《ほらあな》へ行ってもいい？」

エミリーは首を振った。「洞穴へはザックと行きなさい。私は道を知らないし、危険だから」

「でも、まだ朝だよ。早く出発すれば大丈夫だって、叔父さんも言ってたもん」

「ううん、それはザックが一緒に行けばってことよ。私は行き方もわからないもの」

「でも、エミリーだって前に遠くから洞穴を見たことがあるじゃないか」ジャマールがわめくので、エミリーは彼を抱きしめた。

「ザックが必ずあなたを連れていくわ。約束したもの。二人でもっと遠くへだって行けるわよ」

ジャマールはがっかりした顔をした。エミリーが彼を元気づけるためになにか言おうとしたそのとき、使用人が携帯電話を手に走ってきた。

「お電話です」

ザックかしら？

うれしさと不安で胸をどきどきさせながらエミリーは電話を受け取り、テントの中へ戻った。ザックときちんと話ができるように、一人になりたかった。

の?」

「ザック?」

「ピーターだ」失望感が胸いっぱいに広がった。ザックであってほしかった。「無事家に着いたの?」

「ああ、おまえが大丈夫かどうか確かめたかったんだ。いつ帰ってくるんだい?」

「もうすぐよ」離婚という事実を認めたくなくて、エミリーは適当に答えた。

そしてつらい思いを振り払って、ピーターにパローマのことを尋ねた。パローマが快方に向かっていることを確かめると、兄夫婦の将来について話した。

電話を切ったとき、ピーターと三十分近くも話しこんでいたことに気づいた。

いけない、馬で出かけようとしてジャマールを待たせたままだわ。

申し訳ない思いで、急いで外に出た。待ちかねたあの子はじれているだろう。

だが、ジャマールはどこにもいなかった。

「ジャマール?」エミリーは顔を曇らせ、名前を呼びながら厩舎に向かった。「ジャマール?」

厩舎のある飼育場に着くと、使用人たちがなにやら興奮気味に話しているのが目に入った。

ジャマールがなにかいたずらをしたのかと、エミリーは後悔のうめき声をあげそうになった。

「あの子はどこにいるの?」いちばん手前にいた使用人に尋ねると、彼は砂漠に向かって激しく手を振った。

「行きました。行ってしまったんです」

エミリーは凍りついた。「行ってしまったってどういうこと? どこへ行ってしまったの?」

「砂漠です。洞窟《どうくつ》へ行ったんです」

エミリーの心臓がどきんと打った。「あなた、とめなかったの?」

「ジャマール様がじゃまするなと命じたものですから。殿下の命令とあればとめられません」

「殿下といっても五歳の子供よ」エミリーは吐き出すように言うと、ほかの使用人たちの方を向いた。「どうして誰もついていかなかったの?」

使用人たちは不安そうに目を見交わしていたが、やがてその中の一人が空を指さした。

「ひどい砂嵐《すなあらし》が近づいているんですよ」

エミリーは腹立たしげに空を見あげてぞっとした。空がにわかに不吉な色に変わっており、嵐の前触れのような風が吹いている。椰子《やし》が揺れ、地平線は風に巻きあげられた砂ではっきりとは見えない。

砂嵐が吹き荒れる砂漠に行った経験はないが、ジャマールから話は聞いていた。

「私が行くわ。早く馬に鞍《くら》をつけて」

使用人たちは身をこわばらせて黙りこくり、かぶりを振った。

「危険すぎます。一時間もすれば嵐は通り過ぎます。今からではジャマール様に追いつけません。ジャマール様が洞窟に避難されていることを願うのみです。嵐が去ったあと、私たちが行きますから」

「いいえ、嵐のあとでは遅すぎるわ」エミリーは怒りもあらわに言うと、何度も深呼吸をしてどうするべきか考えた。激しく踏み鳴らす蹄《ひづめ》の音と荒々しい鼻息が厩舎から聞こえ、はっと顔を上げて目を細めた。サハラがいる。

エミリーは牧場を全速力で横切ると、鞍と馬ろくをつかみ、サハラの馬房に急いだ。

「あなたがザック以外の誰も乗せないことは知っているわ」サハラにそっと話しかけながら、慎重に馬房の棒をはずし、中へ入る。「でも緊急事態なの」

サハラは怪しむように彼女のにおいをかいでいたが、馬具を見たとたん、怒ったように鼻を鳴らした。

「そうね、いやよね」エミリーはやさしくささやきかけ、サハラのすべすべした首を撫《な》でた。

「私を乗せたくないのはわかるわ。でも、あなただけが頼りなの。世界でいちばん速い馬に乗る必要があって、誰もがそれはあなただって言うのよ」

なおもサハラに話しかけながら鞍をのせ、馬ろくをつけて牧場へ連れ出した。

使用人たちは恐ろしさのあまり黙りこみ、身じろぎもしないでエミリーを見つめていたが、やっと一人が前に進み出た。

「その馬に乗ってはいけません」

「乗らなきゃならないのよ。嵐が来る前にジャマールに追いつくには、サハラに乗るしかないの。誰か手を貸して」

馬はとびきり大きく、助けもなしに乗ることはできそうになかった。しかし誰も手を貸そうとはせず、ただ眺めているだけだった。

「私がお手伝いいたしましょう」どこからともなく声がした。不安そうに顔をしかめたシャリーフが急ぎ足でやってきた。「話は聞きました。情けない使用人どもだ。どんなに恐ろしくても、ジャマール様のあとを追うべきだったのに。殿下は激怒されるだろう」

「今はそんなこと気にしないで。この馬に私を乗せてくれないかしら？」

シャリーフはそれ以上尋ねることなく、エミリーに手を貸して馬の背へと乗せた。

「殿下にお知らせしておきます」シャリーフは心配そうにエミリーを見つめながら口早に言った。「お気をつけて」

シャリーフが言いおわらないうちに、エミリーはサハラを駆りたて、洞窟へと向かった。

「彼女は砂漠へ行ったのか？　この嵐の中を」ヘリコプターから飛び降りたザックは、信じられない思いと不安を顔に浮かべて厩舎へ向かった。そのあとをシャリーフが急ぎ足で追う。

「ジャマール様を追っていかれたのです。今から一時間くらい前のことです」

ザックはぴたりと足をとめ、いらだたしげに息を吐いた。「なぜ誰もジャマールをとめようとしなかったんだ？」

「そのとき、妃殿下はお電話中だったのです。使用人たちはジャマール様をお引きとめできないと思ったのでしょう。ご存じのように、ジャマール様は扱いにくいお子様ですから」

「エミリーだけがあの子をわかっているようだな。なぜ使用人たちは誰一人ジャマールについていかなかったんだ。少なくとも、どうしてエミリーについていこうとしなかった？」

「怖かったのです」シャリーフはごくりと唾《つば》をのんだ。「妃殿下はサハラに乗っていかれました」

ザックははっとして立ちどまった。心臓を恐怖でわしづかみにされた気がした。「あの馬に？」

「はい。ジャマール様に追いつくには、あの馬で行くしかないと妃殿下は考えられました」

ザックは目を閉じた。エミリーは今まで出会った女性とはなにもかもまったく違う。自分中心に行動するのではなく、人のために動く。誰にでも思いやり深く、奪うのではなく与える。

そして今はわがままな甥《おい》を救うために、自分の命をもう一度危険にさらそうとしている。さがしてもさがしても、彼女を失ってしまう。ザックは怒りのあまりうめいた。「もう一度ヘリコプターに乗る」

シャリーフが目をまるくした。「殿下、いけません」

「彼女はサハラに乗っていったのだ。四輪駆動車では間に合わない」ザックは厩舎の背後にあるヘリポートへ戻りながら、厳しく言い返した。

「しかし風が強まっています。あまりに危険です」

「危険は承知のうえだ」ヘリコプターに着くと、ザックは指を鳴らして護衛兵を下がらせた。「だから自分で操縦する」

「殿下――」

ザックはほとんど父のような存在と言ってもいい側近に向き直った。その目は鋭く、声は心配でかすれていた。「いなくなったのは僕の愛する甥と女性なんだ」

「そうですね」シャリーフの目が輝いた。「それならお急ぎください。嵐はすぐそこまで迫っていますから」

エミリーは逆風の中で目を細め、洞窟に向かって全速力で駆けるサハラのたてがみにしがみついた。

遠くの空が黒ずみ、嵐が迫っているのがわかった。けれど、ジャマールはまだ見つからない。

「彼はどこにいるのかしらね、サハラ?」ジャマールの居場所がわかる手がかりはないかと、目を細めて地平線のかなたを見渡す。

だが、見えるのは砂漠だけだった。みるみる曇っていく空の下で、砂漠はうねりをあげる黒い波のように見え、エミリーは思わず身震いした。

まだ日中にもかかわらず、もう夜のようだった。

やっと洞窟が見えてきたとき、エミリーはどうかジャマールがいますようにと祈った。

そのときサハラが急に立ちどまり、前足を上げて鋭くいなないた。不意を突かれ、エミリーは馬の背から砂の上へもんどりうって落ちた。

「エミリーなの?」震える声がすぐそばから聞こえた。彼女が起きあがると、近くの砂の山にうずくまるジャマールの姿が目に入った。

「まあ」安堵《あんど》のあまり泣きそうになりながら、エミリーは幼い子供をしっかり抱きしめたが、すぐに立ちあがった。ぐずぐずしてはいられない。

「ここにいては危ないわ」

「ポニーが逃げちゃった。馬がよろけて、僕が落っこちたから」

「今はポニーのことは気にしなくていいわ」エミリーはジャマールを抱きあげると、必死にあたりを見まわした。「洞穴へ逃げこまないと。嵐が来ているのよ」

すでに周囲では砂塵《さじん》が舞いあがっていた。エミリーは砂が目に入らないようジャマールにスカーフを巻きつけながら、あたりをうかがった。

洞窟は遠すぎる。もう間に合わないわ。

「サハラ!」エミリーは大声で馬を呼んだが、激しさを増す嵐におびえたのか、サハラは激しく鼻を鳴らしたかと思うと遠くへ駆けていった。

ジャマールはすすり泣きながらエミリーにすり寄り、吹きすさぶ風から顔をそむけた。

「ごめんなさい、エミリー」

喉をつまらせながら謝るジャマールに胸がいっぱいになり、エミリーは彼を強く抱きしめた。

「いいのよ。私たち、きっと助かるわ」そう励ましながらも心臓は早鐘を打ち、手は恐怖でじっとり汗ばんでいた。馬がいなければ洞窟へはたどり着けない。サハラはひどくおびえているから、捕まえることはできないだろう。

そのとき、音が聞こえた。

ばりばりというプロペラ音だ。エミリーは手をかざして顔を上げた。黒いヘリコプターが大きな昆虫のように、砂の上に下り立とうとしている。彼女は胸に安堵感が広がるのを感じた。

「ザック叔父さんだ」ジャマールはエミリーの胸から飛び出し、ヘリコプターに向かって走った。

ザックはすぐにやってきて、エミリーをきつく抱きしめた。彼はひどく緊張しているようだ。彼女はザックが冷静さを失っているところを初めて見た。

「サハラはどこだ?」ザックは厳しい声できき、エミリーを小さく揺すった。

「走っていったわ」風に負けないように、エミリーは声を張りあげた。「嵐に驚いたのよ」

ザックは小声でなにかつぶやいたが、すぐに指を口にあてて鋭く口笛を吹いた。いつかの夕方、市場で吹いた口笛と同じだった。

たちまち、たくましい馬が全速力で駆け戻ってきた。エミリーは驚きの目でサハラを見つめた。

「乗って」ザックはエミリーとジャマールを鞍に押しあげてから自分も飛び乗り、馬に何ごとか叫んだ。そしてエミリーとジャマールを腕にしっかりとかかえて、馬をせきたてた。

砂嵐の中、馬は安全な洞窟へ向かって疾走した。

三人も人間を乗せてどうしてこんなに速く走れるのかわからなかったが、しばらくするとサハラは洞窟の入口にたどり着いた。

ザックはすぐさま飛びおり、サハラの尻をぴしゃりとたたいて、洞窟の奥へと走らせた。

「ザック叔父さん！」洞窟の奥へと駆けていくサハラに乗ったまま、ジャマールは振り返っておびえたように叫んだ。

「行け！」ザックがどなった。「僕もすぐに行く」

サハラが洞窟の奥へと進むにつれ、あたりの闇《やみ》はしだいに深くなった。エミリーは手綱を引いて馬をとめ、背後にザックの気配がないかと耳をすました。

初めはなんの物音もしなかった。

風のうなりと、水のしたたる不気味な音だけが耳に響く。そのとき、蹄の音が聞こえた。

「叔父さんがポニーを見つけたんだ！」ジャマールはうれしそうに叫び、サハラの背からすべりおりた。

ザックはポニーを甥に渡してから、エミリーを鞍からそっと降ろした。

そのたくましい体に触れたとたん、彼女は急に安心し、身を震わせながらザックにもたれた。

「嵐の中をヘリで来るなんて信じられないわ」

ザックは低くうめいて首を振った。「嵐の中をサハラに乗って飛び出すほうが信じられないよ」

エミリーはどきりとした。「大事な馬を使ったから怒っているのね。でも――」

「いいや」ザックはエミリーを小さく揺すった。「サハラが心配だったんじゃない、君が心配だったんだ、いとしい人《アジズ》」

ザックは私のことが心配だったの？

「なんとかしてジャマールに追いつかなければならなかったから、ほかの方法を思いつかなかったの」

ザックは目を閉じた。「なんと言って君に感謝したらいいのか。もしあの子になにかあったら……」

「私もあなたに感謝しているわ。もしあのとき、あなたが来てくれなかったら……」

エミリーを抱きしめる手に力がこもった。「そのことは考えないでおこう」そう言って、ザックはエミリーを、それからポニーに寄り添うジャマールを見た。「もっと奥へ入ったほうがいい」

エミリーは気乗りのしない目でザックを見返した。「でも、とても暗いわ」

ふいに、ザックの目がおもしろそうに光った。「それが宮殿の壁をカーテンのひもを伝って下り、砂嵐の中を暴れ馬に乗って走った女性の言うことかい？　暗闇が怖いなんて」

「実は怖いの」その声は消え入りそうなほど小さく、思わずザックは顔をしかめてエミリーを抱き寄せた。

「なにものにも君を傷つけさせはしない。信じてくれ、エミリー。君は僕のものだ。僕はすべてで君を守るよ。命をかけてね」

エミリーの胸は激しく高鳴った。しかし、彼女は自分をいましめた。ザックはジャマールを助けようとしたことに感謝しているだけよ。

洞窟のさらに奥へ進んだとき、ようやくザックがひと休みしようと言った。「ここなら水もあるし、砂も入ってこないだろう」彼はバックパックから毛布と飲み物を取り出した。ジャマールは毛布にくるまれたとたん、すぐに寝入ってしまった。

ザックはたいまつに火をつけた。

「嵐が過ぎるのを待とう。そのうち、使用人たちが助けに来る」

「私の居場所がどうしてわかったの？」

ザックはくつろいだ姿勢をとり、エミリーを抱き寄せた。「シャリーフが連絡してきたんだ。僕は父のところにいたが、知らせを聞くとすぐにヘリでオアシスへ向かった。だが、君はサハラに乗って砂嵐の中へ飛び出したあとだった」鋭く息を吸いこみ、エミリーの顔をのぞきこむ。たいまつのおかげで、彼の瞳に暗い影がよぎるのがわかった。「人生で心から恐ろしいと思ったのは、これで二度目だよ」

「一度目はいつのこと？」

ザックは悲しそうにほほえんだ。「君がサハラの蹄に踏みつけられて死ぬだろうと思ったときだ」

エミリーはザックの腕に触れた。「ジャマールを心配するのは当然の――」

「心配だったのはジャマールだけじゃない」ザックはそっと言い、エミリーの顔を包みこんだ。「僕は、君がピーターと一緒に帰るだろうと思っていたんだ」

エミリーは心臓が引っくり返りそうな気がした。ザックは温かく親しみに満ちた声で、エミリーだけに話しかけている。彼女は全身がうずくのを感じた。

「ジャマールが砂漠へ行ったのは私のせいなの、ザック。私が電話に出ていたから……」

「あいつはいたずらっ子だからな」ザックはそっけない口調で言った。「ジャマールの面倒を見る使用人たちは、誰も責任を果たそうとはしなかった。ところが君は――」

「私はあの子が大好きだから」

「本当にそうだね。僕は君に対する今までの態度を謝らなければならない」ザックはエミリーの手をとった。

「僕は外見と中身の違う人間にばかり囲まれてきたせいで、外見どおりの心を持つ人がいることがわからなかったんだ」

「気にしなくてもいいわ」

「君は本当に僕に寛大だった。それなのに僕は繰り返し無実だと言われても、君を信じなかった。そんな自分が恥ずかしいよ。あれほどつらくあたったのに、君はピーターが借金を返しおわったあともジャマールの世話をするためにここに残ってくれたんだね」

「ダニエーレに会ってからは、あなたの女性に対する見方が皮肉っぽいのも当然かもしれないと思ったわ」

「ダニエーレが兄と結婚したとき、僕の彼女への愛は終わった。だけどまもなく、重大な間違いを犯さずにすんだことに気づいたよ。兄は大変だった。彼女は嘘《うそ》をついたりすねたりしては金を欲しがり、兄の心をずたずたにしてしまった。兄が若くして死んだのは、彼女のせいなんだよ」

ザックが初めて心の内を打ち明けてくれていることに気づいて、エミリーはさらに体をすり寄せた。「なにがあったの？」

「兄は国民に対する責任と彼女への愛の間で苦しんでいたんだ。ダニエーレがいつもの癇《かん》癪《しゃく》を起こしたとき、兄は彼女を追って激しい砂嵐の中へ出ていった。車が横転して、兄は死んだんだよ」

そのとき彼はどれほど悲しんだだろうと思い、エミリーは小さな声でなぐさめの言葉をつぶやいた。

「兄の埋葬がすむなり、義姉《あね》はまた僕に興味を持ちはじめた。泣き叫び、涙を流して、兄との結婚は間違いだったと僕に告げた。本当はあなただけを愛していたと」ザックの唇がゆがんだ。

「でも、そんなのは愛じゃないわ。彼女はあなたたち兄弟のどちらも愛していない」エミリーはぞっとして口をはさんだ。「愛してるのは自分だけなのよ。そんなふうに兄弟の間を行ったり来たりするなんてひどいわ。よく彼女を宮殿に住まわせていたわね」

「ジャマールの母親だったからね。父は僕ならダニエーレを抑えられるかもしれないと考えて、僕と彼女との結婚を望んでいたんだ」

「だから、私とあんなに急いで結婚したのね」

「あのときはそのつもりだった」

「でも、もう彼女は出ていったわ」ダニエーレがいなくなって、エミリーたちが結婚している理由もなくなった。「ジャマールはどうなるの?」

ザックは唇を引き結んだ。「ダニエーレは母親らしいことをなにもしてこなかった。カズバーンを去るとき、ジャマールを僕の養子にしてもいいと言ったよ」

「まあ」エミリーはザックの重大な告白に驚いた。「じゃあ、彼女があなたを悩ませることとは二度とないのね」

「そうだろうな」

ふいに深い落胆に襲われ、エミリーは唇を湿らせた。「私はやっと家へ帰れるわ」

「うーん」薄闇の中で、ザックの声が奇妙に響いた。「帰れないと思うよ」

「帰れない?」エミリーは困惑してザックを見つめた。「まだ私を自由にしてくれないの?」

「そのとおり。僕はもうしばらく君を引きとめておくつもりだ」

エミリーは自分の指にからめられたザックの指を痛いほど意識した。「どのくらい?」

「百年くらいかな」

エミリーがその言葉を理解する間、張りつめた緊張が流れた。「えっ?」

「愛しているよ、エミリー」ザックはからめた指をほどき、エミリーを膝に抱きあげた。

「宮殿から君を救い出すことは誰にもできない。僕は君を閉じこめて、赤ちゃんを欲しいだけ産んでもらうつもりだから」

「でも、あなたは愛を信じてないでしょう。結婚は契約で、子供は結婚の副産物だと——」

「僕は考えの足りない薄情な男だった。君をひどく傷つけたことはわかっている。きちんとした家族を君がどんなに夢見てきたかも。そんな家族を君と作りたいんだ、アジズ。これからはおとぎ話のプリンスのようにふるまうつもりだよ」

エミリーは声を震わせて笑った。「あなたが私を愛しているなんて信じられないわ」

「僕自身、君への愛を自覚するのにしばらくかかったからね」エミリーは幸せのあまりぼうっとしながら、悔やむように告白するザックの顔に触れた。

「いつ私に恋したの？」

私のおとぎ話だから、なにもかも知りたい。

「君が逃げ出すために宮殿の壁を伝いおりたときさ」ザックはやさしくエミリーの頬を撫でながら話した。

「あんなことは初めての経験だった。今まで僕から逃げた女性は一人もいなかったからね。僕はそれを手の込んだ演技だと思ったんだ。僕の注意を引くためのずる賢いたくらみだと」そう言って、自分をあざけるようにほほえむ。「君にかかると、僕のうぬぼれもだいなしだ」

「私は兄のところへ帰りたかっただけよ」

「今ではその気持ちがわかるが、あのときはわからなかった。お兄さんに対する君の誠実さはすばらしい。ピーターは君のような妹を持って幸せだな。君がそばにいなくて寂しいだろうが、ちょくちょく僕の国を訪ねてくれればいい」

エミリーは幸せすぎて、ザックをからかわずにはいられなかった。「もし私が離婚を望んだら？」

「望むわけがないだろう」

エミリーはザックの傲慢《ごうまん》な態度がおかしかった。「どうしてわかるの？　私は気持ちを打ち明けたこともないのに――」

「その必要はないさ。君の気持ちは誰が見てもわかるほどその美しい顔に表れているから。君ほど率直で、裏表のない女性には会ったことがない。不幸なことに、僕はそれを理解するのに長い時間かかった。だがそうとわかった今は、君が僕を愛していることがわかるよ」

「どうして?」

「あの夜、君はベッドでとても情熱的だった。もし僕への愛情がないなら、そんな反応をするはずがない。君はお兄さんも愛しているが、それ以上に家庭や家族を持つことを強く夢見ている。いくら強制されても、望まない結婚をするわけがない。今はそのことがわかるんだ」

エミリーはにっこりした。本当のことだから否定できなかった。「いつもながら聡明《そうめい》なのね」

「君についてはひどく鈍かったけどね」ザックはうめいた。「だが、もうそんなことはないよ。宮殿からダニエーレがいなくなったとわかったとき、ピーターが借金を返した以上、君はもう僕と一緒にいてくれないだろうということしか考えられなかった」

「でも、あなたは私が愛してるのがわかっていたって――」

「そう気づいたのは、シャリーフから君がいなくなったと連絡が来たときだったんだ。間違いなく人生で最悪の瞬間だったよ。急いでここに駆けつける間、もし君が無事なら、僕は二度と君を放したりしないと誓ったんだ」

「じゃあ、これからどうなるのかしら？」

「僕がもっとも信頼する護衛兵を君につける。君が無事だとわかっていれば、僕は仕事に集中できるだろうから。プリンスも宮殿も、そしておとぎ話のハッピーエンドも君のものだよ、アジズ」

ザックはエミリーを抱きしめ、ハッピーエンドにふさわしい情熱的なキスを浴びせた。

●本書は、2006年3月に小社より刊行された『シークの罠』を改題し、
文庫化したものです。

富豪に買われた花嫁

2024年6月15日発行　第1刷

著　　者／サラ・モーガン
訳　　者／井上きこ（いのうえ　きこ）
発 行 人／鈴木幸辰
発 行 所／株式会社ハーパーコリンズ・ジャパン
東京都千代田区大手町1-5-1
電話／04-2951-2000（注文）
0570-008091（読者サービス係）

印刷・製本／中央精版印刷株式会社

表紙写真／© Fotoatelie | Dreamstime.com

ISBN978-4-596-63618-8

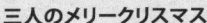

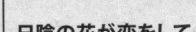

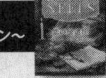

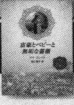